Un redoutable amant

PIPPA ROSCOE

Un redoutable amant

Traduction française de
ANNE DAUTUN

AZUR

HARLEQUIN

Collection : Azur

Titre original :
DEMANDING HIS BILLION-DOLLAR HEIR

HARPERCOLLINS FRANCE
83-85, boulevard Vincent-Auriol, 75646 PARIS CEDEX 13
Service Lectrices — Tél. : 01 45 82 47 47

www.harlequin.fr

ISBN 978-2-2804-4526-9 — ISSN 0993-4448

1.

Idiote ! Triple idiote !

Oh ! Seigneur, qu'avait-elle fait ?

Maria Rohan de Luen venait de fuir l'opulente salle de bal de l'hôtel La Sereine, bouleversée d'avoir saisi les regards dévastés de Theo et sa fiancée Sofia lorsqu'elle avait révélé involontairement que Theo projetait de plaquer Sofia au pied de l'autel. Theo Tersi, l'homme que Maria avait cru aimer pendant près de six ans.

Or, elle ne l'avait pas aimé. Elle en avait pris conscience à l'instant où elle avait vu l'expression d'horreur et de chagrin sur le visage des fiancés. Tout ce qu'elle avait éprouvé pour Theo n'avait jamais engendré en elle autant de souffrance !

Maria sentit ses yeux se remplir de larmes. Elle pleurait sur Theo et Sofia, et sur son propre sort. Parce qu'elle avait détruit entre eux ce qu'elle désirait pour sa part depuis si longtemps. Elle *savait* que les sentiments qu'elle avait cru éprouver pour Theo ne traduisaient rien d'autre que son besoin désespéré d'être aimée.

Maria aurait voulu revenir en arrière, aller voir Sofia et s'expliquer avec elle, faire des excuses à Theo. Mais elle craignait, en agissant ainsi, de causer plus de mal que de bien, aussi, finalement, choisit-elle de s'asseoir sur la rive herbeuse du lac qui brillait sous le ciel nocturne.

Sa main était encore refermée sur le col de la bouteille de champagne qu'elle avait attrapée sans réfléchir au moment où elle avait lancé des mots destructeurs, rompant le lien de deux personnes qui s'aimaient. En vingt-deux ans d'existence, Maria n'avait jamais été portée sur la boisson, mais si elle devait s'enivrer un jour, alors, c'était maintenant ou jamais !

Theo avait tenu un grand rôle dans la vie de Maria, depuis son seizième anniversaire. Il était le meilleur ami de son frère aîné, Sebastian, et tous deux étaient devenus inséparables après avoir conclu un partenariat profitable. Ils étaient très présents dans les souvenirs familiaux de Maria des six dernières années. Elle ravala un rire bref en songeant à sa famille : il y avait plus de dix-huit mois qu'elle n'avait pas vu son père ou sa belle-mère. Ce qui ne la dérangeait pas. Au fond, ils avaient si peu d'incidence dans sa vie qu'elle pensait à eux par hasard, au gré d'un souvenir surgissant par surprise.

Elle se demanda ce que son père penserait s'il savait ce qui venait de se produire. Il lui décocherait son étrange regard, celui qui disait que ce n'était pas réellement Maria qu'il voyait mais *une autre* femme – celle qu'il avait aimée d'un amour absolu, au point de n'avoir jamais pu se remettre de sa disparition.

Oui, Maria n'était pas sa mère, malgré leur ressemblance physique. C'était tout ce que Maria tenait d'elle, dont elle n'avait ni souvenirs ni héritage – Valeria, sa belle-mère, y avait veillé. Il n'y avait qu'une exception : un collier qu'elle portait toujours en hommage à celle qui était morte en lui donnant la vie.

Tandis que le duc en exil Eduardo Rohan de Luen ne serait, comme de coutume, d'aucune utilité dans ce qui venait de se produire, Valeria, elle, aurait un soupir dédaigneux et soutiendrait qu'elle avait toujours su que « ce Theo Tersi » n'apporterait que des ennuis.

Quel était à ses yeux le crime impardonnable de Theo ? Il était l'ami de Sebastian, donc coupable par association. Valeria n'avait jamais pardonné à Sebastian les mesures drastiques qu'il avait dû prendre pour sauver leur famille de la destruction totale. Lorsque Maria avait huit ans, Eduardo avait réalisé un investissement très risqué dans le pétrole, et non seulement perdu son argent, mais aussi une large part de fonds appartenant à d'autres membres de la noblesse espagnole. Cet épisode honteux et choquant avait valu aux Rohan leur exil d'Espagne, même s'il leur avait été permis de conserver leur titre héréditaire.

Une seule chose les avait préservés de la banqueroute : Sebastian, à dix-huit ans, avait pris le contrôle des affaires familiales et accompli ce qui était nécessaire, à commencer par la vente de tous les biens et objets de valeur encore disponibles. Valeria, qui n'avait épousé Eduardo que pour son prestige et sa fortune, n'avait pas bien pris la chose !

Quant à Maria, il lui avait fallu laisser derrière elle son univers familier, quitter l'Espagne pour l'Italie, et tout recommencer. Mais dans son cœur le mal était fait. Elle s'était éloignée de ses amis et de son éducation, choisissant de s'immerger dans l'art.

Jusqu'au moment où, reçue dans un cycle préparatoire du Camberwell College of Arts, elle s'était follement éprise des lieux, des gens et de la liberté qu'elle avait trouvée loin de sa famille. Ses amis d'alors, pendant qu'elle préparait son diplôme en Angleterre, et le petit appartement en colocation où elle habitait… et qu'elle aurait tant voulu retrouver, en cet instant.

Elle leva les yeux vers le ciel enténébré, puis laissa échapper un gémissement et enfouit le visage entre ses mains. Oh ! mon Dieu, qu'avait-elle fait ?

— Cette place est-elle libre ?

Dès l'instant où Matthieu avait aperçu la silhouette, près du lac Peridot, un étrange instinct de préservation lui avait soufflé de partir. De *fuir*. De la véranda qui ceignait la salle de bal de l'hôtel de Iondorra où se donnait un bal caritatif, il avait vu luire au clair de lune la robe en dentelle blanche de l'inconnue à la longue chevelure ondulée. Cette vision avait évoqué le souvenir du tableau préféré de sa mère, et il en avait eu le souffle coupé. Il y avait des années qu'il n'avait vu cette peinture, ou n'y avait pensé, et lorsque la créature s'était retournée, pendant un bref instant, quelque chose dans ses traits éclairés par les rayons de lune l'avait attiré, comme un appel muet…

Matthieu Montcour était trop avisé pour aborder une femme perdue dans ses pensées, mais il n'avait pas pu se retenir : il y avait en elle une beauté presque tragique, qui lui était familière. En effet, nul ne savait mieux que lui que tout pouvait basculer, d'un instant à l'autre.

Il allait prendre ses distances avec l'inconnue – et ces pensées qui ne le visitaient que rarement – lorsqu'il l'avait vue porter à ses lèvres une bouteille de champagne, faisant déborder le pétillant liquide. Il avait presque souri de la voir se pencher sur le côté pour éviter de mouiller sa belle robe blanche. *Presque* seulement, parce qu'il ne lui arrivait guère de sourire.

L'inconnue se mit à contempler le lac. Elle ne ressemblait pas aux séductrices habiles qu'il était accoutumé à fréquenter, et tout en elle respirait l'innocence. Alors qu'il aurait dû garder ses distances et se retenir de jouer les chevaliers servants, il n'avait pas résisté au désir de voir de plus près celle qui avait capté son regard et enflammé son imagination. Descendant les marches de la terrasse couverte, laissant derrière lui le spectacle et les bruits de la salle de bal, il avait marché sur l'herbe tendre, s'arrêtant à un mètre d'elle.

— Cette place est-elle libre ?

Elle tressaillit, leva les yeux vers lui, et une expression de choc passagère se peignit sur ses traits. Matthieu avait opté pour la langue anglaise, la plus courante parmi les invités du gala de charité. Car il était improbable que l'inconnue parle le suisse romand.

— Il ne reste que des places debout, j'en ai peur, dit-elle.

Sa réponse le surprit, tout comme son léger accent. Espagnol ? Ou italien, peut-être ? Prenant son air intrigué pour de l'insistance, elle finit par incliner la tête.

— Rabattez donc un strapontin !

Sans pouvoir retenir un sourire, il ajouta :

— C'est une tournure typiquement anglaise, n'est-ce pas ?

— Et une façon détournée de me demander d'où je viens.

Matthieu n'appréciait pas de se sentir dérouté, mais trouvait attirant le tour un brin décalé de cette conversation. Trop de femmes, lorsqu'elles savaient qui il était, optaient pour un assaut sensuel, seule chose susceptible de le faire réagir. Mais rien n'indiquait, dans les yeux de celle-ci, qu'elle l'avait reconnu. Quand elle l'embrassa du regard, elle parut plutôt contempler un horizon lointain, ce qui le réjouit.

Il s'assit près d'elle sur l'herbe moelleuse et laissa filer un soupir, heureux d'avoir échappé au bal. Il détestait cet aspect de son rôle de P-DG de Montcour Mining Industries. Malcolm appelait ça « soigner son relationnel », Matthieu « une perte de temps ». Mais il n'avait garde de contredire Malcolm, son directeur général, plus vieil ami et ex-tuteur. Le ministre du Commerce de Iondorra avait décidé que ce gala caritatif était le terrain idéal pour aborder la possibilité d'une fusion minière au sein de ce petit pays européen. Matthieu doutait queIondorra ait des infrastructures financières assez solides pour un projet aussi ambitieux, mais il n'était pas prêt à rejeter tout à fait le projet. Du moins, pas encore. Désormais, il était extrêmement sélectif en affaires : il pouvait se le permettre.

Du coin de l'œil, il vit que la jeune femme assise près de lui s'essuyait la joue. Pour chasser un brin d'herbe, ou une goutte du champagne de tout à l'heure ? Une larme, peut-être ?

Ce geste libéra des effluves de son parfum, que l'air

chaud de la nuit porta vers lui, lui titillant les sens avec ses notes de sauge boisée et… une odeur presque saline, évocatrice de l'océan, réalisa-t-il. De façon inexplicable, cela éveilla sa gourmandise, et il sentit l'aiguillon du désir s'immiscer dans son corps.

— En voulez-vous ?

Il secoua la tête, considérant la bouteille qu'elle taquinait de la pointe du genou. Matthieu buvait rarement, refusant l'engourdissement des sens que provoquait l'alcool. Mais il se demanda s'il n'était pas déjà en partie grisé par cette femme, et la situation présente.

Ils restèrent assis un moment en silence, comme s'ils ne se sentaient pas contraints de parler. C'était un répit bienvenu après les heures qu'il avait passées au gala, à subir les questions indésirables, intrusives, presque rituelles dans toute négociation. « Quelle est votre impression sur Iondorra ? Et sur sa capitale, Callier ? Avez-vous goûté les spécialités culinaires qui font la fierté et les délices de ce petit pays ? » La désapprobation du ministre du Commerce, offensé que Matthieu soit venu de Suisse et ait l'intention d'y repartir sans goûter à l'un des mets aux noms imprononçables de cette fière nation, avait été nette et claire. Mais cela n'avait guère d'importance. Grâce à sa fortune, la quatrième d'Europe, Matthieu pouvait se permettre d'esquiver ce genre de politesses.

— Y a-t-il des choses impardonnables, à votre avis ? demanda-t-elle soudain, sans le regarder.

En réalité, il ne voyait pas comment une jeune femme incapable de boire au goulot aurait pu commettre un acte condamnable. Mais, conscient que certains faits se situaient au-delà du pardon, il formula sa réponse avec prudence.

— Il y a toujours deux points de vue différents dans chaque situation.

Elle parut méditer sa réponse avec autant de circonspection que lui.

— Ce soir, des fiançailles ont été rompues par ma faute, dit-elle enfin.

— Vraiment ? Eh bien alors, soit cet engagement n'avait pas lieu d'être, soit les fiancés n'étaient pas assez constants dans leurs sentiments.

— C'est aussi simple que ça ?

— En général, oui. Vous l'aimez ?

— Je croyais l'aimer.

— Alors, soit il vous a menti, soit c'est elle qui n'a pas été honnête.

— Ce n'est pas ce que vous croyez. Il avait ses raisons.

— Les hommes en ont toujours une.

— Non, je veux dire… Il n'a jamais… Je n'ai jamais…

Il plissa le front en la voyant confuse, pas tout à fait sûr de saisir ce qu'elle ne parvenait pas à exprimer. Elle se tourna vers lui pour la première fois, et sa beauté le bouleversa.

— Quel effet ça fait d'être embrassée ?

Il laissa couler un soupir qu'il n'avait pas eu conscience de retenir.

— Vous pensiez l'aimer, mais il ne vous a jamais embrassée ? demanda-t-il, incrédule.

« Je ne sais peut-être pas ce qu'est l'amour. » Elle n'avait pas prononcé ces mots à voix haute avec son accent chaleureux, mais son visage était si expressif qu'il pouvait presque y lire ses pensées. Il était habitué aux expressions figées, calculées, des femmes soucieuses de séduire. Mais le visage de celle-ci était si ouvert, si expressif !

Son teint était lumineux sous les rayons de lune. Elle avait une peau sans défaut, une mâchoire presque anguleuse, mais qui attirait le regard sur ses lèvres parfaites, en bouton de rose. Et des cils bruns couronnant des yeux tout aussi bruns, légèrement soulignés de mascara et d'eyeliner pour mettre en valeur le regard profond levé sur lui…

Maria était gênée. Elle n'aurait jamais dû poser une telle question. Surtout pas à un homme comme lui ! Si elle ignorait qui il était – ce qui expliquait en partie qu'elle ait osé s'exprimer ainsi —, elle était pourtant sûre *qu'il savait, lui*, ce qu'on ressentait quand on embrassait, caressait et…

Elle se hâta de mettre un frein à ses pensées et se sentit rougir. Elle espéra qu'il ne s'en apercevrait pas dans les ténèbres environnantes. Près de lui, elle se sentait terriblement naïve. Il avait un corps, une présence, impressionnants. Elle l'avait remarqué lorsqu'il s'était assis et renversé en arrière en prenant appui sur ses paumes. Son bras musclé semblait trop fort pour qu'elle puisse l'enserrer à deux mains. Si elle n'avait pas dû maintenir en équilibre la bouteille de champagne, elle aurait ramené ses cuisses l'une contre l'autre en guise de rempart contre les sensations qui la gagnaient. Elle avait beau être innocente, elle avait conscience d'avoir rarement ressenti l'émoi sensuel aigu qui venait de s'emparer d'elle.

Elle se détourna, mais les traits de son visage viril n'en restèrent pas moins présents dans son esprit. De rudes pommettes que soulignait une barbe courte le long de la mâchoire forte, encadrant des lèvres d'une sensualité voisine de la cruauté. Des yeux noisette, encaissés sous les sourcils, où se mêlaient le fauve et le vert, et si profonds qu'elle aurait pu s'y noyer.

Elle avait cru qu'il ne répondrait pas, aussi faillit-elle sursauter quand il reprit la parole.

— Il y a diverses sortes de baisers. Les baisers manipulateurs, pour obtenir ce qu'on veut. Les baisers cruels, pour punir.

Plus tard, elle se demanderait pourquoi c'étaient les premiers exemples qui lui étaient venus à l'esprit, se promit-elle.

— Les baisers légers et doux qu'une mère donne à son enfant, dit-il encore d'un ton indéfinissable qui éveilla en elle une nostalgie soudaine. Les baisers passionnés, éperdus, qui s'emparent de tout en égoïstes…

Elle se tourna vers lui, surprise de voir qu'il l'observait avec intensité. Comme s'il… Non ! Elle était la seule, sans doute, à se demander quel effet cela ferait d'échanger un baiser avec un homme comme lui.

— Mais un premier baiser ? En toute franchise, ceux-ci sont souvent brouillons, maladroits.

Maria fut attristée par cette réponse. Comme si on venait de lui ôter l'espoir de quelque chose… d'agréable ?

— Autant m'en débarrasser, alors !

Il laissa échapper un léger rire.

— Peut-être.

— Me feriez-vous une faveur ? Accepteriez-vous de m'embrasser ?

Alors, cet homme dont elle ne savait même pas le prénom la dévisagea, et elle perçut cette vibration grave, musicale, comme si le regard pénétrant de cet inconnu atteignait les profondeurs de son âme et, d'instinct, la comprenait.

Il promena les yeux sur son visage, en quête d'elle ne savait quoi, et elle réprima un frisson, apeurée sous ce regard. Elle avait peur, soudain, peur de ce qui se passait en elle. Elle n'avait jamais rien désiré autant que le baiser de cet homme. Un instant, il parut hésiter, comme s'il menait quelque combat intérieur. Puis, il lui souleva doucement le menton et la scruta.

— Êtes-vous sûre de le vouloir ?

Incapable de parler, elle hocha la tête. Se demandant s'il partirait, ou céderait à l'étrange ensorcellement qui les avait frappés et les isolait du reste du monde.

Il eut des gestes lents, comme pour lui donner le temps de changer d'avis. Fascinée, les pupilles dilatées, elle le contempla alors qu'il inclinait la tête sans hâte, puis appuyait sa joue contre la sienne de façon presque caressante, communiquant sa chaleur à sa peau, et à son cœur. Pour, enfin, lui effleurer les lèvres d'une ébauche de baiser. Une fois, puis une autre encore…

Elle sentit son cœur se gonfler sous la pression douce mais ferme de ses lèvres viriles. Quelque chose, en elle, s'éveilla, réclamant son dû. Redoutant qu'il se dérobe, elle éleva les mains pour encadrer son visage, effleurer de ses paumes les poils soyeux de sa barbe, de sa chevelure drue ; et le retenir en douceur, l'attirer à elle pour le dissuader de s'écarter trop vite…

Sa bouche virile n'était qu'à un centimètre de la sienne, elle sentit la caresse de son souffle et inspira, le cœur serré, ne sachant que faire. Ils s'attardèrent ainsi, en suspens, et, le corps en feu, le cœur battant la chamade, elle crut défaillir. Puis, comme d'un commun accord, ils se rapprochèrent, elle accueillit la langue qu'il pressait contre l'ourlet de ses lèvres et la toucha avec sa langue, envahie de sensations délicieuses. Elle se perdit dans le baiser, dans le vertige étourdissant qui la consumait.

Elle sentit que ses doigts virils s'enfonçaient dans les boucles épaisses de sa chevelure, lui insufflant le sentiment étrange d'être à la fois protégée et désirée. Elle savoura cette sensation, tentant de capter tous les aspects de l'émotion et du désir qu'il lui inspirait avec un simple baiser.

Elle ne put retenir un gémissement de plaisir, et le regretta aussitôt alors qu'il interrompait la caresse, appuyait son front contre le sien, le souffle court, et apparemment aussi ébahi qu'elle.

— Est-ce… Est-ce toujours ainsi ? osa-t-elle demander.

— Non, répondit-il d'un air sombre. Jamais.

Il écarta les doigts qu'elle avait posés sur sa joue, tout en pressant un pouce contre le creux de sa main, ce qui la consola un peu. Jusqu'à ce qu'il trouve la cicatrice qui s'étendait de sa paume à la naissance de son poignet. Elle retira sa main et émit un petit rire pour masquer le choc que lui causait son plaisir.

— Ma belle-mère les déteste.

— Quoi donc ? dit-il, l'air dérouté.

Elle lui décocha un regard sombre. Il n'avait sûrement pas manqué de sentir les petites traces de coupures qui marquaient la pulpe de ses doigts et la brûlure plus étendue, près de sa paume.

— Mes mains. Mes cicatrices. Elle pense que toutes les personnes bien nées devraient avoir des mains délicates, sans défauts, et se baigner chaque jour dans du lait d'ânesse.

— Dormir sur des pétales de rose aussi, j'imagine ?

— Oui, et s'envelopper dans un cocon, dit-elle, filant la métaphore.

— Vous, qu'en pensez-vous ? s'enquit-il sobrement.

Maria examina ses mains d'un regard impartial, pour la première fois depuis longtemps. Ne les voyant pas seulement comme une partie de son corps, mais aussi comme des instruments qui lui servaient à faire ses bijoux, à fondre et façonner le métal précieux, à créer de beaux objets.

— Je pense qu'elles parlent d'effort, de sacrifice, d'apprentissage, et j'en suis fière.

Matthieu trouva étrange qu'elle parle avec fierté d'une chose qui avait tant gâché sa propre existence, plutôt qu'avec dégoût ou une fascination morbide. Il avait certes eu droit aux deux réactions. Et puis il y avait la troisième catégorie : les femmes qui voyaient ce qu'il pouvait leur apporter, malgré les cicatrices qui couvraient la moitié de son torse. Les femmes qui s'intéressaient surtout à sa fortune ou au plaisir qu'il pouvait leur donner.

— Vous ne pouvez pas comprendre, dit-elle.

Quand il éclata d'un rire sonore venu du plus profond de lui, elle se tourna vers lui, le regard brillant de curiosité.

Il hocha la tête, dénoua sa cravate pour ouvrir le premier bouton de chemise, puis tira sur le col. Il savait qu'elle verrait alors, à la lueur du clair de lune, les cicatrices qui s'étiraient jusqu'à la base de son cou. Puis il allongea le bras, du même côté, et défit le bouton de manchette pour révéler l'extrémité des cicatrices qui striaient son bras, du cou jusqu'au poignet.

— Je suis désolée.

Alors qu'il agrafait de nouveau le bouton de manchette, négligeant celui du col de chemise, il songea qu'il avait entendu cette phrase-là mille fois. De la part des médecins et des infirmières qui l'avaient soigné, et même de la part de Malcolm. Pire encore, de la part des femmes qui avaient décidé qu'elles ne supporteraient pas de le toucher. Ils avaient tous eu le même ton d'excuse. Et, plus souvent encore, de dégoût. Mais il n'y avait rien de tout cela dans la voix de cette inconnue. Pour la première fois, il se surprit à demander :

— Pourquoi ?

— Parce que vous pensez devoir les cacher.

Personne ne lui avait jamais dit ça ! Personne n'avait jamais accepté ses cicatrices avec autant de simplicité. Inconsciemment, il avait peut-être espéré lui faire peur, la faire fuir en lui montrant ses cicatrices. Avait-il senti qu'elle menaçait de le conduire à sa perte ?

« Les baisers passionnés, éperdus, qui s'emparent de tout en égoïstes. » Les mots qu'il avait prononcés revinrent le hanter, car leur baiser l'avait rendu égoïste, avait éveillé en lui un désir, un besoin qui exigeaient satisfaction. Il en voulait plus. Plus ? pensa-t-il avec un rire intérieur cynique. Il voulait tout ! Tout ce qu'elle avait à donner. Il lutta contre l'envie pressante de la renverser sur ses genoux et de se repaître d'elle telle la bête féroce qu'on l'accusait d'être.

— C'est en fondant le métal que je me les suis faites, reprit-elle, l'arrachant au désir qui le consumait pour le ramener au présent. La fusion…

— Je connais ça, coupa-t-il, plus rudement qu'il ne l'aurait voulu. Par intérêt professionnel. Je travaille dans l'exploitation minière.

Elle hocha la tête comme si cela expliquait tout, y

compris ses huit milliards et demi de valeur nette dont elle ignorait visiblement tout.

— Mais ça ne vous plaît pas, dit-elle.

— Je n'aime pas le feu.

— Sans lui, je ne peux pas travailler, répondit-elle sans s'attarder sur la cause des cicatrices qui marquaient son torse.

Elle tapota le bracelet en argent qui ornait son poignet. Elle fabriquait donc des bijoux, sans doute. Il regretta qu'elle ait livré cette indication, car maintenant il avait une vision d'elle en train de dompter l'argent en fusion, de maîtriser le pouvoir du feu et de la chaleur – son plus grand ennemi – pour les plier à sa volonté. Il fallait pour cela plus de force qu'il ne l'en aurait crue capable un instant plus tôt. Maintenant, sûre d'elle et fière de son travail, elle devenait splendide et triomphante à ses yeux.

— C'est vous qui l'avez réalisé ?

— Oui. C'était ma première création.

Elle aimait le cercle épuré en argent, non pas lisse comme tant d'autres bijoux, mais en métal battu, avec de la texture, d'une troublante imperfection.

Matthieu n'avait pas pris garde à la lumière venue de la salle de bal, ne s'en avisa que lorsque les lustres s'éteignirent. Le gala de charité était terminé et, de toute évidence, le personnel de l'hôtel venait d'achever le nettoyage. Il jeta un coup d'œil à sa montre : il était près de 2 heures du matin.

— Qu'allez-vous faire, maintenant ? lui demanda-t-il, presque à regret.

— Je ne sais pas trop. Je ne peux pas remonter dans la suite, mon frère sera là, et je ne suis pas prête à…

Elle n'acheva pas sa phrase.

— Vous ne pouvez pas rester ici toute la nuit, dit-il.

Comme elle frissonnait, il se défit de son veston et lui en enveloppa les épaules, résistant au désir de lisser le tissu qui épousait sa frêle silhouette. Elle le remercia d'un sourire, et il maudit l'innocence qui resplendissait dans son regard. Si seulement…

— L'hôtel est plein à cause du gala. Vous pouvez occuper ma suite, si vous voulez.

Pour la première fois de la soirée, ce fut comme si les mots qu'il avait prononcés avaient rompu l'envoûtement. Elle hésitait, s'interrogeait visiblement sur ses intentions, sur lui-même. Pourtant, elle n'avait pas à s'inquiéter. Il ne pourrait jamais toucher à une novice comme elle.

— Vous en disposerez à votre guise. Toute seule, conclut-il d'un ton ferme.

— Mais, et vous ?

— Tout ira bien, dit-il en se levant, refoulant son désir. Il lui tendit la main.

— Venez.

2.

Maria le suivit dans les couloirs ténébreux de l'hôtel en emportant la bouteille de champagne, soulagée de constater qu'il gardait son sang-froid alors que le sien semblait l'avoir désertée. D'abord, quand il avait proposé d'occuper sa suite, elle avait eu un moment d'incertitude. Mais, lorsqu'il avait ajouté qu'elle en disposerait seule, elle avait été… presque déçue.

C'était idiot. Elle s'en rendait compte. Après tout, elle lui avait fait part de l'amour qu'elle avait éprouvé pour un autre homme. Mais jamais, au grand jamais, Theo n'avait suscité en elle les sensations que cet inconnu avait fait surgir par sa présence, son toucher… ses lèvres.

Elle comprenait qu'elle aurait dû avoir honte, pourtant ce sentiment se dérobait à elle. Il s'arrêta devant la dernière porte au bout du couloir, passa sa carte magnétique sur la plaque sous la poignée, poussa la porte et, d'un geste, l'invita à entrer.

En passant devant lui, elle perçut la senteur d'eau de Cologne boisée qui évoquait la forêt en automne, la terre et une fragrance plus musquée, terriblement attirante. Concentrée sur ce parfum, elle ne prit pas tout de suite conscience de l'opulence des lieux où elle venait de pénétrer.

Si sa famille avait autrefois vécu dans le luxe, le petit appartement qu'elle partageait en colocation dans le sud de Londres l'avait habituée à tout autre chose. Et voici qu'elle voyait un épais tapis crème, des baies courant du sol au plafond et offrant un sidérant panorama nocturne sur le lac et les deux montagnes qui se mêlaient à l'horizon.

Du coin de l'œil, elle vit un mobilier d'un luxe sidérant, et la porte qui ouvrait sans doute sur la chambre et sa salle de bains attenante. Mais elle ne parvenait pas à détacher son regard des vastes baies donnant sur une terrasse meublée d'une table et de chaises.

Elle se retourna, s'attendant à le trouver juste derrière elle, mais elle eut la surprise de le voir s'attarder sur le seuil, comme s'il était réticent à entrer.

— Je ne sais même pas votre prénom, dit-elle avec une intonation qui hésitait entre l'humour et la surprise.

— Est-il nécessaire que vous le sachiez ? demanda-t-il, un léger sourire incurvant ses lèvres.

— J'aimerais vous remercier comme il convient.

— Matthieu.

Comme elle répétait ce prénom, elle lut dans son regard viril un désir subit et bouleversant. Soudain, elle eut l'étrange impression d'être liée à lui et sentit naître en elle une assurance qu'elle ignorait posséder.

— Merci, Matthieu.

Il secoua la tête et pivota pour s'en aller. Mais elle n'était pas prête à le laisser faire.

Elle chercha désespérément quelque chose à dire pour l'amener à l'intérieur, jusqu'à elle.

— Je… vous ai confié un secret. En partagerez-vous un avec moi avant de partir ?

Il plissa le front alors, comme s'il se remémorait l'aveu qu'elle avait fait.

— Quoi, par exemple ? Ma couleur préférée ? dit-il, avançant vers elle sans bruit, sur le tapis moelleux.

— Non, dit-elle en l'enveloppant du regard. C'est le bleu.

Elle sourit en voyant son air surpris.

— Votre costume est bleu foncé, le bracelet de votre montre en cuir bleu.

— C'est aussi simple que ça ?

— Oui.

Elle vit que sa réponse lui plaisait et, étrangement, cela la réchauffa. Il l'avait rejointe à présent, et ils étaient si près l'un de l'autre qu'elle devait renverser la tête pour le voir. Il était d'une beauté à couper le souffle, avec son regard intense couleur de miel.

— C'est mon anniversaire, dit-il dans un murmure, comme s'il s'agissait d'un secret.

— Vraiment ?

— Je… ne le fête pas, d'habitude.

Elle eut envie de dire qu'elle comprenait. Qu'elle détestait elle aussi fêter son anniversaire. Mais cela paraissait trop personnel, trop intrusif. Elle leva la bouteille de champagne qu'elle tenait encore et la lui offrit, se demandant s'il consentirait à en avaler une gorgée, cette fois.

Il prit le col de la bouteille entre ses grandes mains et porta le goulot à ses lèvres, en veillant à lui donner l'inclination qu'il fallait pour que les bulles ne jaillissent pas sur lui. Et pas un instant il ne détacha les yeux d'elle .

Après avoir avalé une gorgée, il lui rendit la bouteille et elle posa les lèvres là où il avait mis les siennes – ce qui fit rosir ses joues, son cou, son décolleté. Elle avala une gorgée de la même façon que lui, contente de ne pas paraître aussi naïve qu'elle savait l'être.

Elle ignorait comment s'y prendre pour faire ce dont elle avait envie. Elle aurait voulu posséder l'expérience nécessaire pour séduire cet inconnu et brûlait de savoir si elle était la seule prisonnière de cet envoûtement.

Matthieu voyait ce qui se passait en elle, ce que son corps demandait. *Elle ne s'en rend même pas compte, j'en ai bien peur.* Dieu vienne en aide aux hommes quand elle prendrait conscience de son pouvoir ! La beauté de cette femme pouvait décimer des armées !

— Vous connaissez mon prénom, observa-t-il.

Elle sourit et hocha la tête, saisissant sa question implicite et prenant plaisir à le faire patienter un peu. Il aima cette espièglerie sans arrière-pensées, sans calcul. Il la regarda, tandis que sa curiosité faisait place à un désir plus primitif.

— Maria. Maria Rohan de Luen.

Il savoura les syllabes chantantes, les formant avec les lèvres sans y prendre garde, ce qui la poussa à regarder sa bouche virile. La façon dont elle la contemplait flatta l'orgueil du fauve qui rôdait en lui, avivant son désir. Il n'aurait pas dû être là. Pas ce soir, alors que cette femme menaçait d'abattre ses défenses imparables contre des sentiments qu'il n'avait pas eu à combattre depuis des années.

Il hocha la tête à l'intention de Maria, en un adieu muet. S'il ne partait pas au plus vite, il finirait peut-être par rester. Et elle était trop pure, trop virginale pour qu'il s'y risque. Elle n'avait jamais été embrassée avant ce soir.

Il lui adressa un sourire presque contrit, chose rare chez lui, et se retourna pour gagner le seuil. Il avait posé les doigts sur la poignée lorsqu'elle reprit la parole.

— Puis-je vous demander une dernière chose ?

Il tourna la tête sans avoir la moindre idée de ce qu'elle voulait, et s'il en avait eu une, cela n'aurait pas été celle-là !

— Accepteriez-vous de me montrer vos cicatrices ?

Il eut comme un étourdissement. Cela dut se lire sur ses traits, car Maria recula d'un pas. Il ne voulait pas qu'elle ait peur. Mais elle éprouverait de la peur si elle voyait les cicatrices. Toutes les femmes réagissaient ainsi.

D'un seul coup, il fut ramené à l'instant où il s'était dénudé pour la première fois devant une femme. À dix-sept ans, il avait eu la naïveté de croire que Clara tenait à lui. La fureur qui le saisit au souvenir de sa trahison le fit se détourner de Maria.

Et pourquoi, après tout, ne pas les lui montrer ? Ce n'était pas comme s'il allait la revoir après cette nuit, une fois hors de cette chambre. Elle puisait de la force et de la fierté dans ses propres cicatrices, mais que trouverait-elle dans les siennes ?

— Ce n'est pas beau à voir, la prévint-il.

— Cela m'est égal !

De nouveau, il sentit cette force en elle, ce tempérament d'acier sous la douceur et la perfection de son physique.

Les mâchoires serrées, il revint sur ses pas tout en tirant sur les pans de sa chemise, pour la sortir du pantalon. Il défit les boutons un par un, et pourtant Maria ne détourna pas les yeux. Les femmes qu'il fréquentait en général quêtaient avec avidité les cicatrices qui lui avaient valu la réputation de « monstre », mais ne s'intéressaient qu'à ce qui se passait au-dessous de sa ceinture.

Ayant défait le dernier bouton, il lui décocha un ultime regard avant de lâcher la chemise, debout devant elle, exposé à ses yeux qui ne vacillaient pas. Maria ne rompit pas tout de suite leur contact visuel, mais il ferma les paupières, peu désireux de voir le dégoût se peindre sur ses traits parfaits.

Il sentit qu'elle comblait la distance qui les séparait encore, sentit la chaleur de son corps contre sa peau. Contre la partie *indemne* de sa peau, car sa sensibilité nerveuse avait été annihilée là où les tissus étaient abîmés, là où des lésions et des greffes couvraient presque la moitié de son torse. Il rouvrit les yeux, s'attendant à lire dans les siens l'horreur ou la fascination morbide à laquelle il était si souvent confronté. Au lieu de cela, il vit un étonnement mêlé de respect.

Maria était littéralement envoûtée. « Je n'aime pas le feu », avait dit Matthieu. Certes, son torse était altéré par les cicatrices qui atteignaient aussi son avant-bras et son cou. Elles couvraient presque la moitié de sa poitrine et, comme elle venait de le constater, s'enroulaient autour de son flanc, jusqu'aux omoplates. Il avait dû subir de nombreuses greffes pour réparer les brûlures, sans doute anciennes.

Les motifs qu'elles dessinaient sur la chair étaient d'une beauté poignante et, le temps que tout cela cicatrise, il avait dû subir des souffrances inimaginables. La peau s'était reconstituée sur les muscles puissants de ses bras, les cicatrices couraient sur ses muscles palpitants, d'une puissance qui révélait un entraînement sportif impitoyable. Tandis qu'il se tenait devant elle, dépouillé de sa chemise, le bas du corps moulé dans un pantalon bleu, c'était surtout cela qui la frappait : cette force, cette puissance brute.

— Que voyez-vous ? demanda-t-il – presque avec exigence.

Elle prononça les mots qui lui venaient à l'esprit :

— De la souffrance, mais aussi une certaine beauté. *Une virilité absolue*, pensa-t-elle également sans pouvoir se permettre de le dire de crainte de trahir son désir pour lui.

Elle leva une main, mais il la retint à mi-course, ses doigts se refermant avec fermeté et douceur autour de son poignet mince.

Elle leva les yeux vers lui, consciente d'avoir laissé échapper un léger hoquet, d'avoir la peau en feu. Ce feu, c'était Matthieu qui l'avait attisé, lui donnant l'envie de sentir sa peau contre la sienne. Non par curiosité, mais par besoin éperdu d'établir un tel lien entre eux. D'éprouver de nouveau la sensation inouïe qui l'avait saisie quand ils s'étaient embrassés. Elle s'avisa, non sans honte, que c'était une envie égoïste – tout comme il l'avait dit en parlant de passion. Mais cela allait au-delà. Elle voulait être avec lui, apaiser cette impression fragmentée de… Elle n'arrivait pas à mettre un nom sur ce qu'elle lisait dans le regard de Matthieu.

La main toujours prisonnière, elle combla la distance qui les séparait. Il resta immobile, mais avec effort, et elle se sentit partagée, déchirée entre la conscience du stress qu'il s'imposait et le besoin d'offrir une consolation. Son instinct l'emporta, et elle déposa un baiser doux sur son torse, à l'endroit où une cicatrice évoquait un grand chêne blanc, noueux mais d'une étrange beauté.

Elle doubla le chemin que ses lèvres dessinaient sur sa peau avec ses doigts libres, savoura le soupir étranglé qu'elle faisait naître. Car elle le voulait avec elle, dans cette aventure. Elle voulait qu'il soit aussi dévasté, ravagé qu'elle par leur attirance mutuelle. Elle avait beau être novice, elle lisait dans ses yeux un désir pareil au sien.

Déposant un baiser appuyé sur son torse, elle se sentit étrangement mise à nu, elle eut envie qu'il l'enveloppe de ses bras, la dérobe à la passion qui la submergeait presque. Or, seul le souffle court de Matthieu révélait qu'il n'était pas de marbre.

Non, cet homme n'aurait jamais pu être sculpté dans la pierre… Il n'était qu'argent pur, récemment trempé, encore fumant de la chaleur du fourneau, encore malléable, mais dangereux. Un frisson de désir la parcourut, et alors, enfin, Matthieu la relâcha. Elle croisa son regard dardé sur elle.

— Arrête.

— Pourquoi ?

— Tu ne sais pas ce que tu fais. Ce que tu demandes, dit-il, presque avec colère.

— Je suis peut-être naïve…

— Tu es innocente, Maria. L'innocence incarnée.

— Cela signifie-t-il que je ne sais pas ce que je veux ?

— Cela signifie que tu ne comprends pas les *implications* de ce que tu veux.

— N'en est-il pas ainsi pour tout le monde ?

— C'est une chose que tu ne devrais t'autoriser qu'avec un partenaire prêt à s'engager.*Personne ne reste jamais*, pensa-t-elle, rejetant ces arguments. C'était ce qu'elle voulait, de tout son être. Jamais elle n'avait été plus sûre d'elle et elle avait pourtant peur de perdre, s'il partait, quelque chose dont elle n'avait rêvé que dans la nuit la plus noire et le plus profond des sommeils.

— Je ne demande rien de plus que cette nuit.

Matthieu s'était trompé. Maria était une séductrice. Une tentatrice. Elle lui offrait quelque chose qu'il avait beaucoup de mal à ne pas accepter. Elle était si belle, si pure ! Elle était la lumière, lui les ténèbres, et il l'y entraînerait avec lui s'il lui accordait ce qu'elle voulait.

Ses partenaires connaissaient les règles du jeu : donner et recevoir du plaisir, rien de plus. Il avait appris longtemps auparavant qu'en vouloir plus était une chimère et il refusait d'être celui qui dessillerait les yeux de Maria.

Cependant, il ne pouvait pas s'empêcher de penser que s'il se détournait cela briserait quelque chose en lui.

Il s'empressa de refouler cette idée avec l'efficacité due à une longue pratique. Ce qu'il venait fugitivement d'envisager était une folie. Mais Maria pressa de nouveau les lèvres contre sa chair, et il fut aspiré dans un désir âpre.

— S'il te plaît ? implora-t-elle entre deux baisers incandescents sur son corps, sur sa peau, là où les autres femmes évitaient de poser les lèvres.

— Maria, ne comprends-tu donc pas ? Tu ne devrais pas avoir à mendier.

— Je ne mendie pas, j'exige. C'est ma requête. Reste avec moi, rien que cette nuit…

Alors, Matthieu perdit la bataille. Car il n'y tenait plus. Il avait envie de toucher Maria, de sentir sous ses doigts sa peau douce, si claire, par contraste avec la sienne, qu'elle semblait irradier de lumière. Il avait tant envie de lui donner du plaisir que c'en devenait presque douloureux. Il était prêt à justifier sa réputation de fauve, car les lèvres de Maria pulvérisaient les ultimes vestiges de la contrainte qu'il exerçait sur sa volonté.

Il ne put pas retenir, cette fois, le grondement qui

montait de sa gorge alors qu'il l'enveloppait de ses bras, la plaquait contre lui et se repaissait de sa bouche comme il l'avait désiré dès le premier instant.

Ce n'était pas un premier baiser habile et doux. Il y avait du désir brut, presque désespéré, dans la caresse de sa langue qui plongeait au creux de sa bouche, lui arrachant de petits gémissements de plaisir. Les mains de Maria se glissèrent dans ses cheveux et l'attirèrent plus étroitement à elle. Mais ce n'était pas assez, pensa-t-il.

Il la souleva, et elle enroula les jambes autour de ses reins, sa bouche rencontrant la sienne, jusqu'à ce qu'enfin il trouve la base délicate de son cou et y dépose une pluie de baisers. Elle renversa la tête, exposant ses seins parfaits, mis en valeur par le pendentif en argent qui s'y nichait.

Il s'émerveilla de la sentir si légère, il aurait pu la tenir ainsi indéfiniment. Il la porta à travers la pièce sans interrompre ses baisers. Comme il la déposait au bord du lit, il laissa échapper un juron. Elle avait les yeux dilatés, presque noirs, et paraissait ivre de désir.

— Es-tu sûre de toi ?

— Plus que je ne l'ai jamais été, répondit-elle avec un léger sourire.

— Tu peux dire « non » à tout instant.

— Je ne veux pas que tu t'arrêtes, Matthieu. Je veux que tu m'embrasses. Que tu me touches, me…

Incapable d'en entendre davantage, car il se débattait avec son propre désir, il la fit taire d'un baiser. Elle ouvrit les lèvres, lui offrant le passage et, ainsi, une voie vers la perdition.

Il rabattit la fine dentelle de la robe, et le collier en argent lui servit de guide alors qu'il renversait Maria sur le lit et embrassait ses seins dont les pointes rosées saillaient sur la chair laiteuse. Il en prit une au cœur de sa bouche, l'enveloppa de sa langue, et Maria gémit de plaisir, se lovant instinctivement contre lui.

D'une main, il souleva le tissu de la robe et, refermant

les doigts sur une cuisse, il hissa Maria sur le lit et lui saisit les fesses. Tout en douceur, il fit glisser la soie qui les gainait et l'en délivra. Ignorant la fébrilité de ses propres gestes, et son érection presque douloureuse, il ouvrit Maria comme une fleur et s'inclina pour goûter, savourer le cœur intime de sa féminité. C'était si chaud, si doux qu'il n'y tenait plus. Mais il voulait qu'elle ait droit à tous les plaisirs possibles.

Maria frémissait de tout son corps. Jamais elle n'avait ressenti de telles sensations, si aiguës, si délicieuses qu'elle en tremblait. Ses hanches se cambraient sous l'assaut exquis de la langue de Matthieu, et elle dut se mordre la main pour contenir un cri de volupté. Son autre main agrippait les draps du lit en quête de quelque appui, avant que son corps soit emporté par une vague de plaisir, loin, très loin du rivage.

Des ondes la parcouraient, déferlant rageusement, encore et encore. Matthieu glissa un doigt en elle, et elle se contracta, tandis que l'instinct la poussait à l'emprisonner en elle. Ses implorations sensuelles se firent confuses, son souffle de plus en plus court… Puis, soudain, l'orgasme qu'il avait fait surgir la submergea, et elle ne perçut plus qu'un grondement sourd alors que son corps tremblait, ne trouvant l'apaisement que lorsque les bras enveloppants de Matthieu lui offrirent ancrage et abri.

Comme si un lien invisible l'avait retenue à cet homme au cours de ce voyage, elle revint à lui, à la présence du corps viril qui l'enlaçait, comme pour refouler la nuit, l'obscurité… Le matin à venir peut-être. Elle l'enlaça à son tour, promena les doigts sur les muscles puissants de ses hanches, rencontra la ceinture du pantalon. Ils étaient toujours vêtus, réalisa-t-elle avec étonnement, alors qu'elle avait envie de le sentir nu, tout contre elle, peau contre peau, sans barrière.

Matthieu se renversa sur le dos. Pour la toute première fois, il avait trouvé une sorte de paix dans le plaisir dont elle avait joui, dans ce don d'une part de lui. Mais l'expression alanguie de Maria accrut encore son désir. Le besoin qu'il avait d'elle restait inassouvi.

Lentement, il déboutonna la ceinture de son pantalon et s'en débarrassa à la hâte, ainsi que de son boxer, allégeant la pression que le tissu exerçait sur son sexe durci.

Il contempla Maria tandis qu'elle découvrait son intimité – la langue pointant par-dessus la lèvre inférieure, les dents blanches enfoncées dans la chair rose. Il gémit de nouveau, troublé, le cœur battant la chamade alors qu'elle saisissait l'ourlet de sa robe pour le relever sur ses cuisses, puis ses hanches, ses seins, et par-dessus sa tête, l'envoyant valser à travers la pièce. Elle était magnifique, les genoux ployés, le torse redressé – seules ses mains refermées sur les draps trahissaient l'intensité du désir qu'elle ressentait, égal au sien.

Il tendit la main vers son portefeuille et en tira un mince étui, qu'il déchira avec les dents sans cesser de contempler Maria. Il vit les yeux dilatés qu'elle posait sur lui alors qu'il se gainait du préservatif, son regard allant de son visage à son sexe en érection, et s'il avait eu des doutes sur la fermeté de la décision qu'elle avait prise, il les oublia lorsqu'elle écarta les jambes pour l'accueillir en elle.

Se soutenant sur un coude, il laissa courir sa main libre le long du collier en argent, vers la naissance des seins, sur le renflement léger du ventre. Maria frémit à ce contact et lui enveloppa le visage de ses doigts, qui se faufilèrent dans sa chevelure drue, le griffant doucement. Il s'abandonna d'abord à la caresse, puis capta de nouveau son regard.

Elle n'eut qu'à incliner la tête pour qu'il s'enfonce en elle, se contraignant à la pénétrer sans hâte alors que tout en lui aspirait à l'assouvissement fougueux. Ce fut une sensation incroyable, à lui faire perdre l'esprit, mais il s'immobilisa en la sentant se crisper. Si elle lui demandait d'arrêter, il le ferait – même si cela lui coûtait.

Elle ne fit rien de tel. Elle le regarda comme si elle comprenait sa lutte intérieure et dit avec un demi-sourire :

— S'il te plaît ?

— S'il te plaît, quoi ? Parce que…

— Ne t'arrête pas. S'il te plaît, ne t'arrête pas.

Elle enroula une main autour de son cou et l'attira dans un baiser, et plus profondément en elle, avec une folle et insatiable passion. Lentement, il commença à bouger, la sentant le gainer, et il se demanda si c'était là ce qui lui avait manqué pendant toute sa vie. Cette femme, cette étreinte…

Le souffle de Maria s'accéléra, ses gémissements de volupté s'élevèrent dans l'air. Ses hanches se soulevèrent, le retenant en elle, au plus profond, plus longuement… C'était elle qui dictait le tempo, lui fouettait le sang, enflammait son membre durci au point qu'il ne savait plus faire la différence entre les battements de leurs deux cœurs.

Il huma la senteur suave du creux de son cou, les longues mèches ondulées qui lui chatouillaient la peau. Bientôt, ses pensées le désertèrent, et il n'y eut plus que cette femme, que le plaisir exquis de s'abîmer en elle. Il était perdu…

Il la sentit se contracter autour de lui, perçut son souffle aigu et entrecoupé, sut qu'ils étaient sur le point de basculer tous deux, et, dans une ultime poussée, la digue fut rompue.

Au cours de la nuit, entre deux moments de sommeil, le plaisir les réunit à plusieurs reprises, toujours plus fort. Lorsque les premiers rayons du soleil se faufilèrent dans la chambre, Maria, en allongeant le bras, ne sentit sous sa paume que la fraîcheur des draps. Matthieu avait tenu sa promesse. Il lui avait accordé une nuit, puis… il était parti.

3.

Maria remua sur son siège pour tenter de soulager sa jambe agitée d'un soubresaut nerveux. Après trois heures et demie d'immobilité, elle avait besoin d'aller aux toilettes.

Le hall de l'immeuble de bureaux était immaculé, tout de béton et d'acier, mais un peu frais à la nuit tombante. Montcour Mining s'alignait en lettres argentées au-dessus du bureau de réception qu'elle n'avait pas été autorisée à franchir. Elle avait eu tout le temps d'examiner les deux grands tableaux qui encadraient le large comptoir d'accueil. Deux Rothko. Authentiques, à n'en pas douter…

Trois mois s'étaient écoulés depuis leur rencontre. Il y avait deux mois qu'elle avait commencé à éprouver des nausées, à sa grande surprise. Un mois qu'un test avait bouleversé sa vie. Et quelques jours seulement qu'une première échographie avait confirmé que son existence – leur existence – était changée à jamais.

Maria s'était attendue à devoir explorer des pages et des pages sur Internet des heures durant et avait envisagé de s'adresser à la princesse Sofia, l'hôtesse du gala de charité où elle avait rencontré Matthieu, pour obtenir une liste des invités. S'étant réconciliée avec Theo, Sofia avait pardonné à Maria sa dispute avec Theo et son indiscrétion. Tout s'était effacé, balayé par le bonheur et l'amour du couple, rayonnant le jour de leur mariage. Autrefois, la souffrance aiguë d'un amour non partagé aurait tourmenté Maria, à la perspective d'un tel événement. Mais c'était avant Matthieu, et avant…

Inconsciemment, elle passa une main sur son ventre. Puis se concentra sur le beau lustre moderne qui pendait du haut plafond pour éviter un énième regard furibond du réceptionniste. Le hall au luxe tapageur, symbole de la fortune de Matthieu, baignait dans une lumière dorée.

Beaucoup se seraient trouvés chanceux d'être liés un homme aussi fortuné. Maria s'inquiétait, au contraire, de ce que ressentirait Matthieu à l'idée d'avoir un lien avec *elle*.

Elle avait quitté sa suite à Iondorra, après leur seule et unique nuit de passion et avait trouvé au retour un Sebastian furieux qu'elle ait découché. Mais il avait suffi qu'elle lui demande de la raccompagner pour qu'il se calme et la ramène à son appartement du sud de Londres, à Camberwell.

Pendant un mois, elle s'était absorbée dans la fabrication de ses bijoux et son travail à temps partiel dans un café. Mais, la nuit, elle ne rêvait que de Matthieu, du plaisir qu'il lui avait donné.

Sa vie quotidienne avait repris son cours, et il était devenu pour elle un souvenir délicieux, presque irréel. Elle n'avait parlé de lui à personne, pas même à Anita et Evin, ses colocataires, rencontrées au début de sa formation.

Après la rigueur de ses études en Italie, Camberwell avait été une bouffée d'air frais et de liberté. Elle s'était éprise du mélange des cultures, du curieux voisinage des somptueuses demeures et des logements sociaux. Cela s'accordait avec sa vie, car elle avait connu l'extrême richesse, puis une pauvreté subite, après l'exil d'Espagne.

Un mois plus tôt, après trois semaines de nausées, Anita lui avait tendu un test de grossesse avec un sourire encourageant, préparé du thé – c'était si anglais ! – et l'avait laissée à son intimité. Maria se rappelait à peine les deux jours suivants. Elle avait été sonnée, secouée, bouleversée par tant de questions sans réponse ! Une seule pensée était restée constante : *Je garde le bébé.*

Elle s'était promis qu'au bout de trois mois, après sa première échographie, elle préviendrait Matthieu.

Un crépitement de talons hauts, dans le hall en marbre, la ramena à l'instant présent. Une femme glamour, en manteau long bordé de fourrure, se tournait à demi, tout en marchant, vers un trio d'hommes costumés à l'air contrit.

— Ce type est impossible ! Je ne suis pas surprise qu'on le traite de bête fauve !

Maria sut aussitôt de qui elle parlait. Elle ne pouvait pas avoir le moindre doute, après ses recherches pour retrouver Matthieu. Une seconde après avoir appuyé sur la touche « Entrée » de son ordinateur, elle avait vu s'afficher sur l'écran son visage – une photo sévère, où son regard doré et perçant était si intense qu'elle avait rougi comme s'il pouvait la voir.

— Pas étonnant qu'il soit riche comme Crésus, dur en affaires comme il est !

Maria avait ainsi appris qu'il possédait la quatrième fortune d'Europe. D'après les articles du Net, sa fortune s'élevait à près de huit *milliards* !

Il l'avait payé très cher. Elle avait été bouleversée de lire qu'un feu avait ravagé la propriété où Matthieu avait vécu enfant, anéantissant toute sa famille dont il était le seul survivant. C'est cet incendie qui avait causé les cicatrices qu'elle avait timidement effleurées. Il y avait de nombreux articles sur les longs et pénibles traitements qu'il avait subis ; et d'autres plus nombreux encore consacrés avec fascination à l'empire dont il avait hérité dès l'âge de onze ans. Maria avait eu le cœur tout retourné en voyant les vieilles photos du petit garçon qui, accompagné alors par son tuteur, suivait cinq cercueils : ceux de ses parents, de deux oncles et une tante. Comment concevoir l'étendue de sa détresse ?

Alors qu'une femme en manteau de fourrure gagnait la

sortie à grands pas, les effluves de son parfum trop capiteux donnèrent la nausée à Maria, la ramenant au présent.

Le réceptionniste se leva et s'éclaircit la gorge, excédé par la présence obstinée de Maria.

— Je crains de devoir vous demander…

— Maria ? lança une voix, interrompant le réceptionniste.

Maria tourna la tête vers la rangée d'ascenseurs en retrait du bureau d'accueil et découvrit Matthieu Montcour, aussi choqué de la voir qu'elle l'était d'être à nouveau en sa présence.

Matthieu la regarda se lever prestement du canapé où elle était assise, dans la réception presque silencieuse.

— Désolée, je ne voulais pas que ça se passe de cette manière, mais… Je t'en prie, ne disparais pas, nous avons à parler, c'est juste que d'abord…

— Les toilettes sont là, à gauche, dit-il avec un geste du bras.

Elle se précipita dans cette direction, dérapant légèrement sur les talons de ses bottines, alors qu'elle franchissait la porte à la hâte.

Matthieu se secoua, cherchant à se libérer de l'impression produite par l'apparition soudaine de Maria. Non qu'il n'eût pas pensé à elle, ces trois derniers mois, ni songé à la rechercher. En réalité, il ne s'était pas écoulé un seul jour, une seule nuit, sans qu'il se rappelle ses soupirs voluptueux et la chaleur de son corps, le déchirement qu'il avait éprouvé le lendemain quand il s'était faufilé hors de la suite, l'y laissant endormie. Se faisant horreur, et pourtant sûr d'agir comme il fallait…

Mais pourquoi était-elle ici ? Que voulait-elle ?

Une pensée le glaça. Maria savait *qui il était*. Et, comme tant d'autres avant elle, elle était venue tirer profit de sa notoriété, de sa fortune, et de la vulnérabilité qu'il avait révélée sans le vouloir cette nuit-là. L'unique nuit qu'il lui avait offerte.

Il serra les mâchoires avec colère. Il l'avait cru différente des autres ! Il lui avait trouvé quelque chose de… presque irréel dans sa pureté. Une pureté qu'il avait prise, cette nuit-là. Il aurait dû être plus avisé. N'avait-il pas appris, dès l'âge de dix-sept ans, ce que les femmes voulaient de lui ?

Le martèlement des bottines sur le sol de marbre le tira de ses pensées, et il se retourna. Elle leva les yeux vers lui avec nervosité, affrontant avec courage le regard scrutateur qu'il promenait sur ses traits expressifs, cherchant à deviner ce qui pouvait motiver sa venue.

Elle était toujours d'une beauté sublime. Il s'était presque convaincu qu'il avait fantasmé cette beauté, fantasmé l'impact inouï que Maria avait eu sur lui cette nuit-là, la montée du désir qui l'avait pris à la gorge.

— Salut, dit-elle simplement.

Il hocha la tête, se défiant trop de lui-même pour émettre le moindre son. Et hâter ainsi le moment où elle révélerait sa vénalité.

— Pourrait-on… ?

— Parler ?

Elle acquiesça avec un sourire presque triste. Et, l'espace d'un éclair, il faillit avoir pitié d'elle. Car, si elle savait qui il était, elle ne réalisait visiblement pas à qui elle se mesurait.

— Par ici, dit-il, la devançant pour gagner le dernier ascenseur.

Il fit passer sa carte à puce devant la plaque électronique, et les portes s'ouvrirent, révélant l'intérieur de la cabine qui menait au dernier étage, où se trouvaient ses bureaux.

Elle le suivit en silence dans l'espace étroit, et lorsqu'il inspira, il fut envahi par sa senteur, un parfum de sauge mêlé à une odeur saline – signature unique de cette femme merveilleuse. Il dut se faire violence pour refréner la brusque montée de son désir.

Il l'observa dans les miroirs et, comme Maria détournait les yeux, il eut tout loisir de savourer son apparence. Le soir où il l'avait rencontrée, elle était en dentelle blanche. Maintenant, elle portait un jean en denim gris et une veste en cuir noir par-dessus un ample T-shirt rose. Ses cheveux lâchés cascadaient sur ses épaules, et dans son dos ses boucles révélaient des éclats cuivrés et auburn. Tenté de les toucher, il réprima cette envie ridicule.

L'ascenseur s'arrêta, les portes s'ouvrirent, et il l'invita d'un geste à entrer dans son bureau, regrettant aussitôt de ne pas l'avoir emmenée dans une salle de réunion : elle aurait été mal à l'aise et plus susceptible de révéler ses intentions dans un décor aussi nu.

Son bureau était plus chaleureux. Deux canapés en cuir brun s'y trouvaient en vis-à-vis et un fauteuil occupait l'angle, près de la porte dérobée qui donnait dans une salle de bains. Ce vaste Chesterfield masquait une cheminée qu'il n'utilisait pas et voulait oublier. Son père l'avait adorée, et Matthieu ne pouvait se résoudre à la murer.

Le mur opposé, devant lequel se trouvait son bureau, était couvert d'étagères remplies de livres, donnant à la pièce une allure presque victorienne, malgré les accessoires ultramodernes de la table de travail.

Il se retourna et vit que Maria embrassait les lieux du regard.

— Que puis-je t'offrir à boire ? demanda-t-il, saisissant dans un meuble bar la bouteille de whisky à laquelle il avait à peine touché depuis trois ans

— De l'eau pétillante, s'il te plaît.

Où était donc passée la femme délicieuse et pleine d'humour qu'il avait connue ? Peut-être percevait-elle la réaction cynique que lui inspirait sa présence ?

Il versa de l'eau pétillante dans un verre avec des glaçons, le tendit à Maria et s'apprêtait à lui adresser quelque remarque blessante lorsqu'elle lâcha sans préambule :

— Je suis enceinte.

Sous le choc, Matthieu suspendit son geste alors qu'il allait avaler une gorgée de whisky. Devant son regard furieux, Maria maudit sa précipitation, regrettant de n'avoir pas eu le courage de lui annoncer la nouvelle de façon moins abrupte…

— Félicitations. Qui est l'heureux papa ?

Maria fronça les sourcils, à la fois secouée et déroutée.

— Que veux-tu dire ? fit-elle, se demandant pourquoi ils tenaient leurs verres comme s'ils avaient une conversation anodine, alors qu'il venait de suggérer que…

— Eh bien, comme nous avons eu recours à une protection *chaque fois*…

— Pardon ?

— Tu ne crois tout de même pas que tu peux te présenter ici trois mois après notre… rencontre, pour proclamer que je suis le père de cet enfant tombé du ciel ?

Maria en resta sans voix. Elle avait imaginé cette conversation à de nombreuses reprises. Mais ça ! Ce n'était certes pas ce qu'elle avait prévu ! Une *rencontre* ? C'était ainsi qu'il appelait la nuit qu'ils avaient partagée ? C'était elle, à présent, qui éprouvait de la colère. Un sentiment qui n'avait pas fait partie, jusqu'ici, de tous ceux qu'elle avait éprouvés depuis la découverte de sa future maternité.

— Espèce de salaud !

— Les médias préfèrent me traiter de « bête fauve », mais je suppose que c'est du pareil au même.

— Je n'aurais pas dû venir, dit Maria, se parlant à elle-même plus qu'elle ne s'adressait à Matthieu.

— Probablement pas, répondit-il avec un soupir, comme si elle était une nuisance et non la future mère de son enfant. Beaucoup d'autres femmes ont tenté cette manœuvre, et crois-moi, Maria, elles étaient bien plus rouées que toi. La preuve a été faite de leur mensonge. J'avoue que je suis très déçu. Je t'avais crue différente des autres.

Maria secoua la tête, à la fois stupéfaite par l'hostilité de Matthieu et par ce qu'il venait de lui révéler. En un instant, toutes les choses qu'elle avait cru partager avec lui, la beauté de cette nuit, furent réduites à néant. Elle ne connaissait pas cet homme. Elle n'était rien pour lui. Jamais elle n'imposerait une telle situation à son enfant.

— Pas aussi déçu que je le suis ! J'espère que tu te reprendras quand tu réaliseras l'étendue de ton erreur, lui dit-elle en se ressaisissant malgré le coup reçu.

Elle posa son verre encore intact sur la table basse, attrapa dans son sac l'échographie qu'elle venait de réaliser et la mit près de son verre, avant de tourner les talons.

— Attends…

— Pour quoi faire ? lança-t-elle. Recevoir d'autres insultes ? N'y compte surtout pas !

— S'il te plaît.

Maria se retourna alors, non parce que Matthieu lui adressait une prière – son intonation n'avait rien d'implorant —, mais parce qu'elle devait lui accorder une chance. Elle en avait besoin. Elle le vit près de la table basse, le regard braqué sur la radio. Sur l'image de leur bébé. Elle se demanda ce qu'il voyait dans les formes grises et ténébreuses où se détachait avec une précision surprenante la silhouette pâle du bébé. La tête, le cordon ombilical, les bras et les jambes, nettement visibles déjà.

Enfin, il leva les yeux.

— Ne me mens pas là-dessus, Maria. Ne cherche pas à me tester.

— Je ne fais rien de tel ! Je suis enceinte. De toi.

— Comment est-ce possible ?

Elle secoua la tête, refoulant le doute et la confusion qui l'avaient elle-même saisie en apprenant la nouvelle.

Les préservatifs ne sont pas la garantie absolue, et je n'étais pas sous contraceptifs. Je…

Elle haussa les épaules.

— Tu es enceinte. Et le bébé est de moi.

Maria acquiesça, et le monde de Matthieu s'ébranla sur ses bases. Son enfant ?

— Je suis…

Sidéré ? Sonné ? Il ne savait pas, il avait l'esprit vide. Il percevait cependant une chose, bien qu'il eût les tempes bourdonnantes : il devait des excuses à Maria.

— Je suis désolé, dit-il d'une voix que le trouble de ses pensées chaotiques rendait presque rauque.

Le rejet instantané qu'il lui avait opposé avait été cruel et dévastateur. Il l'avait très bien vue pâlir. Mais ce n'était pas cela qui l'avait convaincu qu'elle disait vrai. C'était son prompt départ, si différent des larmes de crocodile et du désespoir factice auxquels il avait été confronté par le passé. Maria avait voulu s'écarter de lui, et aussi de ce que tant d'autres avaient tenté d'obtenir : son argent, une promesse, une alliance…

Une alliance qu'il s'était juré de ne jamais passer au doigt d'une femme. Ne supposant pas une seule seconde qu'il pourrait *devoir* le faire. N'ayant jamais eu l'irresponsabilité totale d'engendrer un enfant qui, ainsi que sa mère, envahirait son existence si bien ordonnée.

Du geste, il invita Maria à s'asseoir et, lorsqu'elle se fut effondrée sur le canapé opposé à l'endroit où il se tenait, il y prit place à son tour.

— Que veux-tu ? demanda-t-il, impitoyable, cherchant à percer ses intentions.

— Rien, dit-elle, déroutée par sa question. Je voulais seulement te prévenir. Tu… as le droit de savoir.

Il ravala un ricanement cynique. Il doutait de la véracité de ses paroles. Elle ne quêtait peut-être pas d'argent, ou le mariage, mais elle voulait forcément quelque chose ! C'était toujours comme ça !

— Tu as attendu trois mois ? dit-il, accusateur, sans avoir à fouiller sa mémoire pour établir le temps écoulé.

Il avait, en réalité, presque compté les jours qui le séparaient de la nuit où il l'avait caressée, embrassée, aimée.

— Les trois premiers mois sont incertains, répliqua-t-elle, haussant les épaules comme si elle n'avait pas eu à porter seule le fardeau de la nouvelle, la crainte que quelque chose emporte leur enfant.

Cet enfant dont il distinguait la silhouette sur l'échographie posée devant eux.

— As-tu pensé que j'essayerais de te faire changer d'avis ? Est-ce pour ça que tu as attendu ?

Il sentait déjà poindre de la colère en lui à l'idée qu'elle ait pu le croire capable d'une chose pareille.

— Cela n'aurait pas joué. Je garde ce bébé, Matthieu, que tu veuilles ou non faire partie de sa vie.

— Je n'aurais jamais…

— Comment l'aurais-je su ? coupa-t-elle. Je ne connaissais même pas ton nom.

— Mais tu l'as découvert.

— Seulement lorsque j'en ai eu besoin.

Son assurance, la promesse implicite que contenaient ces mots, atténua à peine la fureur qui pointait en lui.

— Écoute, j'ai respecté la décision prise : il s'agissait d'une nuit, d'une seule. Je suis seulement venue te mettre au courant et te demander si tu veux ou pas faire partie de la vie du bébé. Voilà tout.

— C'est si simple que ça ? dit-il, faisant écho à leur conversation d'alors.

— Je commence à comprendre qu'en ce qui te concerne, Matthieu, rien n'est simple.

Il tendit la main vers son verre d'eau pour gagner du temps. Il n'avait jamais eu recours à un expédient ! Il savait toujours quoi dire, comment réagir. Jusqu'à maintenant…

Père. Il allait être père !

— Nous allons nous marier, déclara-t-il avec solennité.

L'expression de Maria aurait été comique, en d'autres circonstances, si le choc n'avait chassé d'un coup la neutralité farouche qu'elle lui opposait un instant plus tôt.

— Non ! lança-t-elle.

C'était tellement inattendu qu'il se demanda si son attitude faisait partie de quelque intrigue plus vaste et ambitieuse. Il décida que non. Rien, chez Maria, ni trois mois auparavant ni aujourd'hui, n'indiquait le moindre calcul. N'était-ce pas ce qui l'avait attiré ? Son innocence ?

— Je ne crois pas que tu comprennes…

— Non, c'est toi qui ne comprends pas, l'interrompit Maria. Je n'ai pas l'intention de t'épouser. Je ne veux ni de ça ni de ton argent. Je ne m'intéresse qu'au rôle que tu veux jouer dans la vie de mon enf…

— De *notre* enfant, rectifia-t-il, lui coupant la parole. Et voici ce que j'ai à dire, Maria : mon implication sera totale.

4.

Maria fut assaillie par une déferlante d'émotions où se mêlaient la peur et l'intimidation. Elle n'avait pas menti. Elle n'était pas venue demander le mariage, ni quoi que ce soit d'autre – tout au plus des visites hebdomadaires, peut-être. Et même cela, elle n'avait pas supposé que Matthieu l'accepterait. Certes pas après avoir lu tous ces articles sur la « bête fauve », une expression qu'elle n'appréciait guère, même si elle savait pourquoi on l'appelait ainsi. Ses cicatrices, ainsi que sa richesse et sa réussite obstinée, presque cruelle, avaient nourri d'infinies spéculations.

Et, maintenant que ces spéculations pouvaient l'atteindre, elle s'y refusait. Mais elle avait quelqu'un à protéger, désormais : son enfant. D'un geste instinctif, elle s'enveloppa le ventre avec les mains, le regard aigu de Matthieu enregistrant le moindre de ses mouvements.

— Pourquoi le mariage ? voulut-elle savoir.

Matthieu était un solitaire, comme le prouvait la façon dont il menait ses affaires et son mode de vie.

— Je veux protéger mon enfant, dit-il d'un ton résolu qui la fit frémir.

— Le protéger ? Pas l'aimer ?

C'était la seule chose qui comptait, pour Maria, en réalité.

— J'aimerai mon enfant, bien sûr.

Mais pas la mère de son enfant. Elle refoula cette pensée attristée. Comment tout cela avait-il pu lui arriver ? Au moment même où son entreprise de créatrice de bijoux commençait à marcher, où elle s'était dépouillée de ses faux sentiments pour Theo, où elle pouvait trouver l'indépendance qui comptait tant pour elle !

— Il n'est pas nécessaire de te marier pour protéger notre enfant.

Il eut un rire presque cruel.

— Es-tu donc si naïve ? As-tu la moindre idée de ce qui se passera lorsque les médias seront au courant ?

Maria n'avait songé à rien, à part prévenir Matthieu. En le voyant si tranchant, elle commença à se sentir mal à l'aise.

— Ils te traqueront, reprit-il. Ils fouilleront ta vie jusque dans les moindres détails. Ils harcèleront tes amis et ta famille, ils offriront de l'argent en échange de n'importe quelle histoire croustillante à publier, ils passeront au crible le contenu de ta poubelle et camperont devant ton seuil. Ils te pisteront, ainsi que toutes les personnes que tu connais.

Maria savait comment fonctionnaient les journalistes. Elle en avait fait l'expérience lorsque son père avait été exilé, que son frère avait dû reprendre les affaires familiales et vendre leurs biens. Aujourd'hui encore, il leur arrivait de harceler Sebastian et les femmes qu'il fréquentait. Certains pensaient qu'il recherchait cette attention, mais Maria savait qu'il avait la chose en horreur et en éprouvait de la rancune. Mais du moment qu'ils la laissaient tranquille…

Son frère la protégeait, comme Matthieu voulait protéger leur enfant. Cependant, Sebastian ne pourrait lui être d'aucun secours dans la situation présente. Les Rohan de Luen n'étaient que des nobles en exil. Matthieu Montcour se situait à un tout autre niveau.

Les mots qu'il avait prononcés avaient eu l'effet voulu : ils lui avaient fait peur. Et plus encore, ils l'avaient dépouillée de la certitude qu'elle pouvait encore avoir sa liberté, mener sa vie comme elle l'entendait.

— Mais comment pourrions-nous nous marier ? Je

ne sais rien de toi, fit-elle valoir, luttant contre un accès de panique.

— Tu connais ma date de naissance et ma couleur préférée. C'est plus que n'en savent la plupart des gens.

— Tu ne sais rien de moi, dit-elle encore dans un murmure, alors que ses défenses commençaient à céder.

Il attendit qu'elle rencontre son regard avant de lui porter le coup final.

— Je sais que tu crées des bijoux malgré les objections de ta belle-mère. Je sais que tu es bonne et attentionnée, sinon tu n'aurais pas été aussi bouleversée à l'idée d'avoir brisé des fiançailles, quels que fussent les sentiments que tu croyais avoir envers le fiancé. Je sais que tu ne cours pas après mon argent, sinon cette conversation aurait été tout autre, et je te sais forte, rebelle et déterminée. Et je sais que tu feras tout ce qu'il faut pour protéger notre enfant.

Je connais aussi le contact de ta peau contre la mienne, le rose qui te monte aux joues quand tu ne peux pas lutter contre ton désir, et tes cris de plaisir lorsque tu jouis, acheva en son for intérieur Matthieu, peu disposé à formuler à voix haute ces pensées importunes.

Il la vit écarquiller les yeux de surprise, et s'empourprer – comme si elle avait lu en lui.

— Si nous devions nous marier… Je dis bien « si », répéta-t-elle comme si elle n'avait pas déjà pris une décision, ainsi qu'il en était sûr, ce serait… comment ? Pour toi ?

Un contrat… Là, il était dans son domaine, et il y excellait. Il aurait tout le temps plus tard d'envisager sa future paternité. Les sentiments, pour l'instant, n'avaient pas de place dans cette négociation, ce qui ne manquait pas d'ironie.

— Tu vivras ici avec moi, en Suisse. Tu auras tout ce qu'il te faut. Tu sais sûrement déjà qu'il y a des avantages à m'épouser. Particulièrement pour ton travail.

— Non. Cela n'entre pas en ligne de compte. Je suis capable de me débrouiller seule.

Il fronça les sourcils. Bien des femmes auraient tué pour bénéficier de son carnet d'adresses !

— J'ai des contacts dans le monde entier, et les moyens de te procurer les matériaux de la meilleure qualité pos…

— Je peux me procurer par moi-même ce dont j'ai besoin, et mes succès professionnels, si j'en ai, n'appartiendront qu'à moi.

Elle avait parlé vite et d'un ton dur, sans appel. De toute évidence, elle tenait à son indépendance et, tenté de l'avertir de ne pas compromettre sa réussite par orgueil, il résista à cette envie. En partie parce qu'il était fier de son propre succès. Il comprit qu'elle lui inspirait du respect sur ce point.

— As-tu une clause particulière à faire valoir ?

Elle n'eut aucun mouvement de recul, même s'il était clair qu'elle n'en pensait pas moins. Et cela aussi était à porter à son crédit. Si désagréable qu'il fût d'aborder les choses sous cet angle, c'était nécessaire pour éviter des malentendus ultérieurs. Des peines de cœur ? Il n'irait pas jusque-là, car jamais, au grand jamais, il ne s'autoriserait ce genre de complaisance.

— Je… Nous resterions mariés jusqu'à ce que notre enfant ait au moins vingt ans.

Il faillit rire de sa naïveté, de son innocence.

— Maria… Durant leur courte vie, mes parents m'ont transmis le sens du mariage, et de son caractère sacré. Je ne suis pas porté sur la religion, mais je ne crois pas au divorce.

— Je ne suis pas sûre d'être prête à renoncer à ma vie pour m'installer avec toi.

— Vraiment ? J'ai l'impression, au contraire, que tu es plus que capable de faire toute chose que tu aurais décidée, Maria.

Elle leva les yeux, et son visage expressif montra de la surprise. Quelque chose d'autre aussi… Quelque chose de plus sensuel qui lui embrasa le sang. Il refoula aussitôt ces sensations. Il était crucial d'obtenir l'accord de Maria. Il protégerait son enfant, et elle aussi, mais il ne lui mentirait pas. Elle avait demandé à connaître ses attentes et il devait les lui faire savoir maintenant, c'était important.

— Ma maison se trouve au bord du lac Lucerne, au cœur de ce pays. Elle est bien assez grande pour nous et notre enfant.

Il savait que cette présentation était plus que modeste. La vaste demeure était une merveille architecturale, et il s'efforça de juguler son inconfort à l'idée d'y accueillir un tiers. Mais il était impensable que Maria et l'enfant dont il était le père vivent ailleurs que chez lui !

— Tu auras accès à tout ce que tu désireras. Mais il y a une chose que tu dois comprendre.

Elle devint très attentive, comme si elle réalisait qu'il abordait la chose la plus importante.

— Ne fonde pas d'espoirs ni de rêves sur moi, Maria. Je te promets que j'aimerai notre enfant, veillerai sur lui et pourvoirai à ses besoins. Mais je n'ai rien de plus à offrir...

Matthieu était en train de lui dire qu'il ne voulait ni ne pouvait l'aimer, pensa Maria, et lui refusait la seule chose qu'elle eût jamais voulue...

Chassant le chagrin qui menaçait de l'envahir, elle se força à se concentrer sur ce qu'il venait d'établir. Son bébé ne manquerait de rien. Il grandirait en bénéficiant de la sécurité qu'elle avait crue acquise avant de la perdre. Jamais il ne serait dévasté comme elle l'avait été. Elle le protégerait, bien sûr, comme elle-même avait été protégée. Cette pensée renforça plus que toute autre sa détermination.

— J'ai une condition.

— Accordée d'avance ! répondit aussitôt Matthieu.

— Ce sera un mariage discret. Pas d'invités.

Elle ne voulait pas se donner en spectacle. Elle ne voulait pas que sa famille soit présente, que sa belle-mère transforme la cérémonie en événement mondain. Il lui semblait déjà voir le regard lascif de Valeria, le souvenir de sa mère dans le regard de son père, et la déception dans celui de son frère.

— Rien que nous et deux témoins ?

— Oui.

— Il en sera ainsi.

Il lui prit la main, par-dessus la table basse, ses doigts fermes et chauds enveloppant les doigts frais de Maria. Une poignée de main pour sceller leur accord, comme s'il ne s'agissait que d'un simple contrat.

Elle refoula les larmes qui lui montaient aux yeux. D'autres auraient nagé dans la joie et le bonheur, mais elle n'était pas une de ces futures mariées. Elle allait devenir mère, et seul le bonheur de son enfant lui importait.

Matthieu avait beau vouloir un mariage rapide, même lui, avec sa volonté et son argent, ne pouvait avoir raison de la bureaucratie suisse. Une fois que les démarches furent accomplies, il fallut attendre encore dix jours avant que la cérémonie puisse avoir lieu. Matthieu mit cette période à profit. Il savait peu de chose sur Maria avant, mais après avoir rassemblé les éléments nécessaires à la publication des bans il ne manquait plus d'informations.

Il allait devenir père… Il en voulait presque à Maria d'avoir eu un temps d'avance pour se préparer à la maternité. Elle avait eu un mois, alors qu'il lui avait fallu digérer la nouvelle en quelques heures. Mais depuis… La force du lien qu'il sentait avec ce bébé le secouait. Il était sidéré par sa détermination à protéger cet enfant, par son désir de connaître enfin son héritier. Il avait longtemps vécu en évitant tout engagement, tout lien… et avait cru avoir à se débattre, à lutter pour accepter celui-là. Il s'était trompé.

Sur la boussole de sa vie, l'aiguille avait soudain pivoté, pointant vers son enfant et Maria. Et maintenant, tandis qu'il s'observait dans la glace, en costume bleu foncé et chemise d'un bleu très pâle, il se demanda pour la première fois depuis des années ce qu'aurait pensé son père. Il quêta sur ses propres traits une ressemblance avec ce père qui l'avait aimé au point de l'extraire d'une maison en flammes sans se soucier du danger qu'il courait lui-même. Et qui y était retourné ensuite en quête de son épouse…

Une souffrance aiguë le traversa, et il s'empressa de chasser ces pensées.

— Ah, Matthieu…

Malcom venait d'apparaître sur le seuil de son bureau. Il hocha la tête d'un air approbateur.

— Ils auraient été si fiers de toi !

Matthieu serra les mâchoires. Il doutait que ses parents eussent été fiers de savoir qu'il avait couché avec une ingénue, la contraignant à un mariage qu'elle ne désirait pas.

— Où est David ? demanda-t-il, s'enquérant du mari de Malcolm.

Les deux hommes s'étaient épousés lorsque la Californie avait voté la loi autorisant le mariage homosexuel. Après sept ans de vie commune, Malcom considérait qu'ils n'avaient pas besoin d'entériner leur union avec un bout de papier. Mais David et lui avaient lié leurs destins autant pour marquer la victoire obtenue à l'issue d'une longue et âpre bataille que pour célébrer leur amour.

Matthieu frissonna. Il n'avait pas à se demander si Maria cherchait l'amour. Il savait que oui et, pour la première fois depuis qu'il l'avait demandée en mariage, il mesurait ce qu'il en coûtait à sa future épouse, même s'il lui avait vanté les profits que lui vaudrait leur union.

— David est allé chercher Maria à l'hôtel. Pour l'accompagner à la mairie.

Matthieu réprima un juron. Comment avait-il pu ne pas songer à ça ? Ne pas savoir que Maria aurait besoin de ce soutien émotionnel le jour de son mariage ? Il devrait faire mieux à l'avenir. Il y était tenu !

Maria se considéra dans le miroir, surprise qu'il ait été presque plus facile de plier bagage à Camberwell que de trouver une robe de mariée appropriée aux circonstances : une cérémonie civile, et sa grossesse. Elle n'était toujours pas habituée au renflement croissant de son ventre.

Deux jours plus tôt, une équipe de déménagement avait embarqué les caisses de ses vêtements et livres, et ses quelques meubles, pour les faire expédier en Suisse. Mais son matériel – les bijoux, les outils, les matériaux glanés au fil des ans – était parti dans la propriété de son frère en Italie. Ces boîtes semblaient appartenir à une pie voleuse au goût sûr : couleurs éclatantes, pierres semi-précieuses… Ses moules, ses outils, les créations diverses qu'elle avait commencé à amasser constituaient la part la plus précieuse de ses biens. Pour une raison qui lui échappait, elle n'avait pas voulu les emporter en Suisse.

Elle avait eu la larme à l'œil en disant adieu à Evin et Anita, et s'était accordé un dernier jour dans le petit atelier qu'elle avait loué à Bermondsey, près de la Tamise. C'était là qu'elle avait donné corps à ses espoirs et ses rêves grâce aux modestes projets qu'elle avait réalisés pour sa toute première exposition. Là qu'elle était revenue après sa fatale nuit avec Matthieu et s'était forgé une nouvelle vision de l'avenir, résolue et optimiste… Jusqu'au moment où elle avait découvert sa grossesse.

Maintenant, quand elle envisageait son avenir, indissolublement lié au père de son bébé, à la vie commune qui l'attendait, elle s'interrogeait. Matthieu voudrait-il qu'elle paraisse à son bras lors d'événements professionnels, en parfaite épouse ? Ou se lasserait-il d'elle après la naissance du bébé et l'enverrait-il dans quelque demeure éloignée ? Elle ne savait pas du tout à quoi ressemblait la maison de Matthieu, ni si elle continuerait à créer des pièces de joaillerie. Au cours des deux derniers mois, elle n'avait pas une fois éprouvé cet élan créatif grisant qui l'aurait habitée et calmée autrefois.

Un coup frappé à la porte la tira de sa songerie. Elle alla ouvrir, découvrant sur le seuil un grand homme blond, souriant, qui accentua son sourire en la voyant déroutée.

— Maria ? Je suis David Antonelli.

— Le témoin ? fit-elle, se rappelant les mails de Matthieu.

— Oui. J'espérais que mon nom vous dirait quelque chose. Vous n'apprécieriez sûrement pas qu'un *complet* étranger frappe à votre porte le jour de votre mariage.

Maria l'invita à entrer.

— Je me suis dit que vous aimeriez être accompagnée à la mairie, étant donné que…

Il laissa sa phrase en suspens, évitant de souligner qu'elle était seule. Mais son accent anglais châtié, grand bourgeois, était délicieusement familier pour Maria, et elle prit aussitôt le visiteur en sympathie.

— Vous êtes anglais, lui dit-elle.

— Oui. J'ai grandi au nord de Londres, précisa-t-il d'un air de conspirateur, comme s'il livrait un secret.

— J'habite… *J'habitais* à Camberwell.

— Au sud du fleuve ! s'exclama-t-il. Si je n'ai jamais vraiment franchi la Tamise, j'ai passé quelques *folles* nuits à Vauxhall. Mais chut ! Pas un mot à mon époux.

Maria ne put s'empêcher de sourire, et d'éprouver un réel soulagement. Se rendre seule à son mariage, ce n'était pas…

— Je dois dire, reprit David avec un regard appréciateur, que vous êtes merveilleuse.

— Merci…

Sa robe, simple, à hauteur du genou, était structurée par une taille Empire juste au-dessus de l'arrondi de son ventre et dotée d'une élégante encolure en forme de cœur. Le satin crème, près du corps, était orné d'une dentelle ouvragée qui rehaussait le tissu et couvrait le décolleté et les bras. Cerise sur le gâteau, Maria avait payé cette merveille avec ses maigres économics.

Elle avait natté sa chevelure ondulée, relevant les tresses

de chaque côté à l'aide d'épingles, ne laissant libres que quelques mèches autour de son visage.

David lui offrit son bras, et elle rassembla à la hâte ce dont elle aurait besoin. Le reste de ce qui se trouvait dans la suite – un petit bagage avec ses affaires – serait envoyé plus tard chez Matthieu. Elle rougit, en pensant à la soirée qui l'attendait. Comment se passerait-elle ? C'était une question qui n'avait pas été abordée.

Elle prit son châle et le petit bouquet qu'elle avait acheté au début de la matinée – un ravissant assemblage de pivoines blanches, sauge et romarin auquel elle n'avait pas résisté, même s'il n'était pas traditionnel. Ayant adressé un ultime regard à son reflet dans le miroir, et dit adieu à la Maria célibataire, elle prit le bras de David et franchit le seuil, fermant la porte sur son passé…

Matthieu patientait avec Malcolm sur les marches de la mairie. Il ne s'était pas attendu à voir se dessiner, sous la robe de Maria, le léger arrondi révélant la présence de leur enfant à naître. Il n'avait pas prévu qu'il penserait, en la voyant, qu'il avait tout faux. C'est à l'église qu'il aurait dû être, avec toutes leurs connaissances réunies, pour montrer avec fierté et adoration sa superbe future épouse. Jamais il n'aurait soupçonné qu'il éprouverait cela.

Quand le duo fut près d'eux, David lança à sa manière habituelle, vive et enthousiaste :

— Si je n'étais pas déjà heureux en ménage, je serais tenté de prendre la poudre d'escampette avec la fiancée !

— Et maintenant que je vous vois si ravissante, Maria, j'éprouve la même tentation, enchérit Malcolm, s'inclinant pour l'embrasser sur la joue.

Maria s'éclaira à ces encouragements, et ne sembla que passagèrement surprise du contraste entre la chaleur des amis de Matthieu et le silence total de ce dernier. Il était en fait incapable de parler. La voir lui avait coupé le souffle.

Malcolm et David les laissèrent se dévisager en silence.

— Tu es… si belle, dit Matthieu.

Au fond de lui, il avait l'impression de ne pas mériter Maria. Ni l'enfant qu'elle portait. Alors que Maria, elle, méritait certes plus qu'il n'était capable et désireux d'offrir.

— Merci, dit-elle, fuyant son regard.

Il la mena dans le bâtiment, Malcolm et David les suivant de près alors qu'ils gagnaient le bureau de l'officier d'enregistrement. Si l'extérieur de l'édifice était fonctionnel et presque laid, l'intérieur était chaleureux. Le parquet en bois clair apaisait le regard. Des fauteuils de bon goût meublaient la pièce, où l'on remarquait la belle table devant laquelle les attendait l'officier d'état civil.

Matthieu se sentait curieusement détaché d'une procédure à laquelle il avait cru ne jamais avoir recours. Il avait veillé, jusqu'alors, à ce que les femmes qui partageaient son lit n'aient en commun avec lui que le plaisir donné et reçu. Une fois qu'elles avaient disparu de sa vie, il n'y pensait plus guère. Mais cela n'avait pas été vrai pour Maria. Depuis leur nuit à Iondorra et le soir où elle était réapparue dans sa vie, porteuse d'une nouvelle bouleversante, il n'avait cessé de penser à elle. Le goût de sa peau, les échos de ses soupirs et de son rire léger avaient hanté ses nuits.

Maintenant, il la regardait répondre aux questions auxquelles il répondait de son côté à l'officier d'état civil, et se sentait étrangement proche d'elle. Il lui donnerait tout ce qu'il pourrait, se jura-t-il. Pas seulement à cause de leur enfant. Mais parce qu'elle le méritait. Elle s'était arrachée à sa vie, s'était remise entre ses mains, et quoi que l'avenir leur réserve, il veillerait à la protéger.

— Êtes-vous prêts ?

Il acquiesça, sûr de lui.

— Nous sommes ici réunis en ce jour…

Maria écoutait ces paroles sans les entendre. Elle s'était demandé quel effet elles lui feraient, depuis qu'elle avait accepté la proposition de Matthieu, et maintenant que la cérémonie avait lieu, qu'ils prononçaient les vœux que toute jeune fille rêve de prononcer depuis l'enfance, elle ne savait pas ce qu'elle éprouvait. Elle s'était attendue à avoir peur, mais ce n'était pas ce qu'elle ressentait. Du défi ? Non, pas cela non plus. De l'hésitation ? Bizarrement, non. Elle se sentait comme engourdie, décida-t-elle, alors que le moment se rapprochait où elle serait à jamais liée à Matthieu.

Elle eut soudain l'impression qu'elle laissait quelque chose derrière elle, qu'elle oubliait l'essentiel, sans savoir quoi au juste. Elle comprit que le célébrant attendait une réponse. Il sourit et réitéra sa question.

— Acceptez-vous de prendre pour époux M. Matthieu Montcour, ici présent ?

Il n'y avait pas de mots d'amour dans cette cérémonie formelle, il n'y était pas question d'honorer ni de chérir. Mais ce n'était pas pour elle-même qu'elle consentait à cette union, c'était pour leur enfant. C'était à lui qu'iraient l'amour, la protection, la sécurité…

— Oui.

— Et vous, Matthieu Montcour, acceptez-vous de prendre Maria Rohan de Luen pour épouse ?

Enfin, Maria trouva le courage de lever les yeux vers Matthieu et fut surprise de voir qu'il la considérait avec intensité, comme la nuit de leur rencontre. Ce qu'elle voyait dans son regard, c'était le lac de Iondorra, les étoiles qui constellaient le ciel enténébré. Elle voyait son désir viril, mystérieux et hypnotique. Et, si elle en avait le cœur étreint, elle s'empressa de refouler son désir d'une relation plus poussée.

— Oui, répondit à son tour Matthieu.

— Les alliances ?

Les alliances ! Elle avait oublié les alliances. Tout

créateur de bijoux consacrait des heures passionnées à la conception de ce symbole du couple et de l'amour. Maria avait pensé, autrefois, qu'elle façonnerait un jour son alliance et celle de son futur époux. Elle avait même effectué des dessins préparatoires. Mais, dans l'intensité des semaines écoulées, tout cela lui était sorti de l'esprit. Elle en éprouva du soulagement, parce que ce n'était pas ce qu'elle voulait. Pas vraiment. Pendant que Matthieu glissait une main dans sa poche, elle en posa une sur son ventre, enveloppant son futur bébé.

Elle comprit qu'il avait saisi son geste, et il eut une brève hésitation avant de lui passer la bague au doigt.

Elle regarda le bijou encore et encore. Ce simple anneau d'argent serti d'un cercle de petits diamants accueillant en son cœur un éclat de jais merveilleusement taillé était parfait.

— C'est ainsi que je nous vois, Maria, lui murmura Matthieu. Unis, entourant notre enfant d'amour, de sécurité, de protection.

Sa sincérité et sa certitude la touchèrent au cœur, et si elle aspirait douloureusement à être aimée, elle était apaisée par l'engagement qu'il prenait. Il n'y avait pas de promesse vaine, pas d'émotions mensongères dans ce qu'il lui offrait, mais l'assurance qu'il ferait tout ce qui était en son pouvoir pour elle et l'enfant. *Leur* enfant.

— Je vous déclare mari et femme.

5.

Maria huma l'odeur fraîche de l'eau et de la forêt. Il y avait une vingtaine de minutes qu'elle marchait vers le lac Lucerne, s'émerveillant une fois de plus de l'étendue de la propriété de Matthieu, presque incrédule devant la beauté du paysage – une étendue d'eau pareille à de l'argent en fusion, reflétant le bleu pur du ciel sans nuages et le vert émeraude saisissant des arbres bordant les rives du lac.

Elle se frotta les mains pour les réchauffer, effleurant le mince anneau d'argent serti de jais et diamants qu'elle portait depuis presque un mois. Rien ne s'était avéré tel qu'elle l'avait imaginé, depuis ce moment où Matthieu lui avait passé la bague au doigt.

Après la cérémonie, David et Malcolm les avaient emmenés dans un grand restaurant gastronomique de Berne, pour un déjeuner de mariage exquis. Si le sympathique couple avait remarqué le silence des nouveaux mariés, il n'en avait rien laissé paraître. Leur bavardage léger, un peu railleur mais bienveillant, ne lui avait pas laissé de souvenirs précis. Puis la limousine était arrivée pour les conduire, elle et Matthieu, dans la demeure des rives du lac Lucerne où il vivait.

Elle se rappelait le voyage dans le cocon luxueux de la voiture qui les emmenait vers leur nuit de noces, la tension presque palpable qui les avait habités. Il lui avait parlé de ses domestiques, de la salle de sport et des équipements de loisir dont elle disposerait, en particulier une piscine à débordement donnant sur le célèbre lac suisse, et des chemins qui traversaient son domaine.

— Tout t'appartient, désormais, avait-il dit.

Sauf toi...

Alors que la limousine dévorait les kilomètres, les rapprochant de leur destination, elle s'était étonnée des propos qu'il tenait. À quoi rimait cette description de la maison, de l'architecte qui l'avait conçue, de la vie qu'ils mèneraient, alors qu'elle ne songeait qu'à ce qu'il se passerait le soir même, submergée par la conscience affolante qu'elle avait de sa présence virile ? Au cours des semaines écoulées, il n'avait été question que de choses pratiques. Mais, dès l'instant où ils avaient été déclarés mari et femme, elle n'avait eu qu'une obsession : sa nuit de noces.

Elle avait espéré partager son lit, ressentir de nouveau les émotions qui l'avaient traversée la nuit où ils avaient conçu leur enfant : la griserie du désir, le contact de leurs corps unis par une passion brute et intense. Une passion réciproque.

Celle-ci ne s'était pas dissipée, avait-elle pensé avec émerveillement. Elle avait entrevu son mari, dans la lumière fugace des lampadaires de la route qui éclairaient leur trajet nocturne. Elle avait vu sa barbe naissante, qui adoucissait à peine la rudesse de sa mâchoire ; ses sourcils sombres surmontant des yeux de bronze où brillaient des éclats presque verts ; la largeur de ses épaules qui la faisait se sentir petite, délicate, mais aussi forte de son désir pour lui.

Quand ils s'étaient enfin arrêtés au bout d'une longue allée, au-delà d'une magnifique grille en fer forgé, elle s'était dit : *Nous y voici.* Elle s'était tournée vers Matthieu, devant le vaste portail en chêne d'une demeure à laquelle elle avait à peine pris garde tant elle était fascinée par la splendeur de son mari, et avait effleuré sa joue.

Au même instant, il avait poussé le battant, lui avait expliqué où se trouvait sa chambre puis avait gagné son bureau, la laissant là, en robe de mariée, seule dans le vestibule d'une maison inconnue.

Elle avait réussi à gagner la chambre avant que les premières larmes roulent sur ses joues. Puis, ôtant ses chaussures, elle s'était effondrée sur le lit, étouffant ses sanglots dans l'oreiller. C'était à ce moment-là qu'elle avait pris conscience de ce qu'elle avait fait. Depuis toujours, elle aspirait à l'amour, et voici qu'elle s'en était remise à un homme qui ne l'aimerait jamais !

Alors qu'elle s'éloignait du beau lac pour revenir vers la maison, Maria s'avisa qu'elle n'avait droit à rien de ce qu'elle avait envisagé. Elle n'était ni la parfaite épouse, ni l'épouse délaissée. Matthieu l'avait installée dans une étrange demi-vie qui était en train de la détruire à petit feu.

Quoi qu'il fasse, Matthieu ne parvenait pas à échapper à une oppressante sensation d'étranglement, à la certitude choquante d'avoir fait quelque chose de mal. Cela avait commencé dès le premier soir de leur arrivée à Lucerne. Et même avant, dans la limousine qui les conduisait à la maison. Il n'avait pas vraiment considéré cette demeure comme un chez-soi, avant. C'était son sanctuaire, ça oui. Mais un *foyer* ?

Dans la limousine, il l'avait senti, ce courant sensuel qui passait entre eux. Comme lors de la première nuit à Iondorra, les traits expressifs de Maria, son corps avaient exercé sur lui une attraction puissante. Excité, il n'avait eu qu'un désir, prendre ce dont il avait envie : Maria.

Or, il s'était fait une promesse sincère et l'avait réitérée à Maria le jour de leur mariage : il la protégerait. Il devait donc mener leur union de façon convenable et lui accorder ce dont elle aurait le besoin ou le désir. Mais il ne pouvait pas se donner à elle car, s'il relâchait le contrôle implacable qu'il exerçait sur lui-même, s'il cédait à son désir désespéré et se noyait en elle, il ne serait plus capable de se contenir. Et il était convaincu qu'en agissant ainsi il libérerait les pensées, les souvenirs qui affleuraient à sa conscience. Alors, il s'était bel et bien contenu ce soir-là, et tous les autres soirs ensuite. Et si cela le condamnait à une frustration constante, eh bien, tant pis !

Ses pieds martelaient le tapis de course de la salle de sport, installée dans le sous-sol de la maison. Il était en nage. S'il parvenait à s'épuiser, il serait peut-être soulagé de… de cet étrange sentiment en lui, féroce et indomptable, tel un fauve en cage.

L'exercice physique lui était devenu nécessaire, au fil des ans. Cela avait commencé par la rééducation, après des semaines de chirurgie. Il se rappelait à peine les premiers mois, la douleur si intense qu'elle lui donnait le délire et détournait son esprit de l'anéantissement total de sa famille. Le forçait à penser à autre chose qu'à l'ultime regard que lui avait accordé son père avant de le lancer par la fenêtre du séjour et de repartir en quête de sa mère dans la maison en flammes. Hélas, ni sa mère, ni son père, ni ses oncles et tante n'avaient échappé au brasier infernal qui avait détruit la vieille demeure.

Un circuit électrique défaillant, un sapin de Noël, une maison vieille de deux siècles. Tels avaient été les éléments du verdict. Un accident. Cet accident lui avait tout pris.

Il accéléra la vitesse du tapis dans l'espoir de se concentrer de nouveau sur le mouvement de ses jambes et de ses pieds. Ses pensées ne s'attardaient jamais sur sa famille. Il était passé maître dans l'art d'éviter ça, mais, alors qu'il accélérait l'allure à s'épuiser, il ne put s'empêcher de songer qu'il courait pour fuir son passé.

En vain car, de façon inexplicable, depuis que Maria avait emménagé chez lui, il le sentait resurgir. Il lui venait des souvenirs des repas en famille, de l'écho de son rire enfantin aux taquineries bienveillantes de ses parents, de l'amour qu'ils lui portaient… Comme la promesse de ce qui pourrait être, et qu'il ne s'accorderait pas.

Matthieu s'était donc mis à éviter Maria pour se noyer dans le travail. Il lui était même arrivé de la quitter pour se rendre à l'une de ses exploitations minières en Russie, dans l'espoir que la distance rétablirait tout, que sa vie redeviendrait comme autrefois. Mais, dès son retour, il avait vu les traces de Maria un peu partout : des livres abandonnés au coin d'une table, un jeté de canapé sur le sofa qui ne s'y trouvait pas à son départ… Ayant vécu seul pendant plus de dix ans, il trouvait cela déconcertant. Cela lui faisait l'effet d'une intrusion et, à tort, il se surprenait à lui en tenir rigueur. Parce qu'elle laissait la trace de sa vie sans lui.

Bientôt, il n'y aurait pas que la présence de sa femme, il y aurait leur bébé. Allait-il passer son temps à tenter de les éviter ? *Non*, pensa-t-il, une fois de plus ébranlé par cet élan de possessivité à l'égard de son enfant.

Un bruit le fit tressaillir, et il faillit tomber du tapis de course.

— Désolée, je ne voulais pas…

Il attendit d'être au pas pour lancer un regard vers le seuil. Il avait déjà le souffle court lorsqu'il enveloppa Maria du regard, heureux de ce prétexte pour déguiser la réaction naturelle de son corps à sa beauté, à sa présence. Elle était tout simplement sublime.

Ses longs cheveux ondulés, répandus sur ses épaules, lui effleuraient la taille. Son legging adhérait à ses jambes galbées, et il eut le violent désir de les caresser. Un instant, il s'abîma dans le souvenir de leur nuit d'amour, avant de le chasser d'un hochement de la tête. Il fixa ses seins, le renflement de son ventre, bien arrondi maintenant. Il s'émerveilla de la transformation de son corps depuis leur mariage et ne put s'empêcher de penser : *Elle est à moi !*

Maria ne s'était pas attendue à trouver là Matthieu à son retour de promenade, persuadée qu'il était parti à son bureau avant l'aube, comme chaque jour depuis leur mariage. Mais il était bel et bien là. Et il était… superbe, torse nu, avec son jogging gris taille basse, révélant les impressionnants abdominaux qui disparaissaient sous la ceinture. Elle l'embrassa du regard, détaillant chaque centimètre carré de son corps. Les cicatrices, au lieu de se détacher, étaient devenues pour elle l'élément qui exaltait ses muscles, la façon dont ils se mouvaient à chaque geste. Quand il prit le T-shirt abandonné sur le châssis du tapis d'exercice, elle faillit l'implorer de ne pas le passer, détestant l'idée qu'il se croie obligé de se couvrir pour elle. Il enfila le vêtement et le rabattit sur son torse, lui dérobant la vue qui la troublait et éveillait sa gourmandise.

— Je voulais faire un peu de yoga et…

Elle se sentait tenue de dire quelque chose. Sinon, ils auraient continué à se dévisager en silence, comme deux combattants affrontant… quoi donc ? Leurs désirs ? Car elle savait qu'il avait envie d'elle. Elle le lisait dans son regard. Et cela ne rendait que plus dures encore à supporter sa constante absence, ses dérobades… Refusant de s'apitoyer sur elle-même, elle s'approcha du tapis installé près des glaces qui couraient du sol au plafond.

— Bien sûr, dit Matthieu, en lui laissant la place.

— Je… J'ai pensé prendre la voiture pour aller en ville, ce matin.

— Tu as rendez-vous chez l'obstétricienne ? s'enquit-il d'un air surpris.

C'était l'une des dernières choses qu'ils avaient faites ensemble : un rendez-vous chez l'obstétricienne, une praticienne efficace, bienveillante, dont le cabinet était très bien équipé. Ils ne reverraient pas Mme Klein avant trois semaines.

— Non, dit Maria. Je voudrais faire du shopping.

— Pour acheter quoi ?

— Une robe pour le gala.

— Quel gala ?

Elle frémit en entendant la voix glaciale de Matthieu. Et elle se demanda si c'était l'achat de la robe qui le contrariait ou l'obligation d'assister à la soirée mondaine à laquelle ils étaient invités.

C'était la première et unique correspondance qu'elle avait reçue depuis son arrivée chez Matthieu. Elle avait aussitôt remarqué l'adresse : M. et Mme Montcour, un peu surprise de voir qu'elle était mentionnée car elle était persuadée que la nouvelle de leur mariage n'était pas encore publique. Puis elle avait repéré le logo argenté de Montcour Mining Industries sur le carton d'invitation.

— Celui qui doit avoir lieu ce soir à Lausanne. Je suis surprise que tu aies une fondation caritative.

— Je possède trois mines d'or, deux de diamants, et mon entreprise est multimilliardaire, alors en quoi est-il surprenant que j'entretienne une association de charité ?

— S'il te plaît, ne me dis pas qu'elle n'existe que pour les abattements d'impôts ! répliqua-t-elle, blessée par cette énumération désinvolte de ses impressionnants avoirs.

Tout à coup, elle fut gagnée par la colère. Parce qu'il semblait penser qu'elle ne voudrait pas assister au gala. Parce qu'il voulait la laisser seule dans cette immense propriété – un lieu tout de béton et d'acier dont les gris froids lui remémoraient sans cesse son distant propriétaire. Elle n'était tout de même pas prisonnière ici ! Elle était libre d'aller et venir comme bon lui semblait !

— Nous n'irons pas, dit-il avec un geste définitif.

— Pourquoi ?

— J'ai des affaires à traiter.

— Eh bien, pas moi !

À l'idée de passer encore une soirée en solitaire, tout en elle se rebellait. Matthieu la regarda comme si ses volontés ou ses désirs étaient sans importance. Assez ! Oui, elle en avait assez de marcher sur des œufs en présence du père de son bébé.

— Dans ce cas, j'irai seule, déclara-t-elle à son mari, qui semblait soudain mué en statue. Toi, en revanche, rien ne t'y force. En fait, j'aime autant que tu ne viennes pas. Je n'ai pas envie que tu me gâches la soirée, comme tu as gâché tous les jours écoulés depuis notre mariage. Je refuse de vivre ainsi, Matthieu. Tu m'as peut-être offert tout le confort matériel, mais l'isolement me rend folle. Je ne crois pas avoir eu une conversation de plus de deux phrases depuis trois semaines ! Je sais plus de choses sur Tomas, ton chauffeur, que je n'en sais sur toi. Il a trois enfants, au fait, et il aime ajouter un peu de caramel dans son café, même s'il le cache à sa femme qui surveille son régime. Dis-moi, Matthieu, comment prends-tu ton café ?

On eût dit qu'une digue s'était rompue, et qu'un flot de paroles décousues s'était rué à l'assaut de ce trop long silence. Le souffle court, elle guetta la réaction de Matthieu.

— Peu importe comment je prends mon café, Maria. Ni toi ni moi n'irons au gala. Si tu veux prendre l'air, Tomas t'emmènera où tu voudras. Mais seulement si c'est dans un endroit où tu ne risques pas d'être harcelée par les médias. Comme ce n'est pas le cas du gala de ce soir, tu n'iras pas.

Sans rien ajouter, Matthieu quitta la pièce, et elle se sentit plus furieuse encore. Médias ou pas, elle ne resterait plus prisonnière ici !

Maria était assise à l'arrière de la limousine, la vitre de séparation était baissée, et Tomas n'avait pas cessé de faire des commentaires depuis leur départ de Lucerne. Elle lui en était reconnaissante. Sinon, les deux heures et demie de route ne lui auraient laissé que trop de temps pour penser. Pour s'étonner de sa rébellion et se demander comment réagirait Matthieu quand il comprendrait qu'elle avait défié son interdit en se faufilant hors de la propriété. C'était la première fois qu'elle lui désobéissait.

Mme Montcour. L'était-elle vraiment, puisqu'ils n'avaient pas consommé leur mariage ? Et si elle l'était, qui était donc cette femme ? Maria avait connu bien des « avatars » : fille d'un duc exilé, sœur d'un séducteur international, étudiante en art, serveuse de café, créatrice de bijoux. Mais à présent elle était une épouse, et bientôt elle serait mère. Et une part d'elle avait peur de ne pas savoir assumer ce rôle.

Elle avait envisagé de s'en ouvrir à son frère, mais Sebastian était très préoccupé ces temps-ci. Il avait cru sans difficulté qu'elle passait quelque temps chez un ami en Suisse au lieu de la questionner comme de coutume. Quant à son père, il s'écoulait parfois des mois sans qu'ils aient le moindre échange, et elle préférait se réfugier derrière le sentiment familier qu'il valait mieux pour lui ne pas la voir, puisqu'elle lui rappelait douloureusement sa défunte épouse.

Elle avait pensé s'adresser à Anita et Evin, mais que leur aurait-elle dit ? « J'ai retrouvé le père de mon enfant, il se trouve qu'il est multimilliardaire, nous nous sommes mariés pour le bien du bébé, et il m'a emmenée dans son repaire secret ? »

La seule personne qui la rattachait à son nouveau rôle était Matthieu, et il semblait résolu à la laisser seule.

— Nous y sommes, madame Montcour, dit Tomas.

Elle comprit alors qu'elle n'avait pas du tout envisagé la réalité. Elle ne s'était pas attendue au tapis rouge, à la meute de paparazzis qui bordait la rue aux abords de l'imposant édifice où avait lieu le gala ! Stupéfaite, elle descendit de voiture. Mais où avait-elle eu la tête ? Saurait-on qui elle était ? Ou la prendrait-on pour une resquilleuse ? A priori, personne ne savait qu'elle était Mme Montcour. Elle émit un juron étouffé, s'immobilisant à sa descente de voiture et fixant d'un air horrifié la cohorte de journalistes et photographes qui seraient témoins de son humiliation quand on lui refuserait l'entrée.

Tomas resta près d'elle, comme s'il était prêt à la pousser sans cérémonie dans la voiture pour la mettre à l'abri, jusqu'à ce qu'un petit homme en habit de soirée muni d'un porte-bloc se précipite à sa rencontre.

— Bienvenue…

— … Madame Montcour, acheva-t-elle avec fermeté.

La mine de l'homme aurait été comique en d'autres circonstances. Elle pensa qu'il ne la croyait pas, et ses doigts se crispèrent sur le carton d'invitation.

— Bien sûr, fit-il, secouant la tête comme s'il s'attendait à la voir se dissiper en fumée d'une seconde à l'autre. C'est merveilleux de vous rencontrer ! Nous ne vous espérions pas, étant donné que…

Quoi qu'il ait pu s'apprêter à dire, il s'arrêta net alors que son regard tombait sur l'arrondi révélateur de la robe.

— Puis-je vous présenter mes félicitations, madame Montcour ?

L'expression ravie, sincère, de cet étranger en smoking était communicative, et Maria posa instinctivement une main sur son ventre.

— Merci, dit-elle avec un sourire, alors qu'un premier flash l'aveuglait, interrompant l'échange.

Des cris éclatèrent, elle fut aveuglée par une série de flashs. Elle vit confusément que l'homme lui faisait signe de le suivre et, le regard braqué sur le tapis rouge, elle pénétra dans l'édifice, le cœur battant, un peu effrayée. Une fois franchi le perron et la vaste entrée du musée loué pour l'occasion, elle poussa un soupir de soulagement.

— Toutes mes excuses pour la bousculade, madame Montcour. Hélas, la publicité est un mal nécessaire, elle vaut beaucoup de notoriété et de dons à notre fondation.

Ce petit homme trop disert n'était pas loin d'indisposer Maria presque autant que les journalistes. Elle n'était plus très sûre d'avoir envie d'être là et regrettait la solitude paisible de la propriété de Matthieu.

— M. Montcour n'a malheureusement pas pu assister à nos manifestations à Lausanne depuis plusieurs années, et l'invitation est surtout envoyée par courtoisie, mais nous sommes très honorés de votre présence, dit-il avec une sincérité évidente.

La réticence de Maria s'atténua quelque peu.

— C'est très gentil de votre part, monsieur…

— Benjamin Keant.

— Benjamin. Enchanté de vous rencontrer.

— Je suis moi-même charmé, madame Montcour. Me permettrez-vous de vous présenter à quelques mécènes et invités ? Je peux aussi vous apprendre tout ce que vous aimeriez savoir sur notre fondation.

Maria sourit, soulagée de ne pas avoir à masquer son ignorance.

— Certainement. Faites comme si je ne savais rien, dites-moi donc tout.

Elle vit qu'elle attirait les regards curieux de nombreux invités dans le vaste hall du musée. Elle ne prêta donc pas garde au début du laïus de Benjamin, jusqu'à ce que certains mots frappent son oreille, déclenchant un signal d'alarme dans son esprit et dans son cœur.

— Et les fonds que nous récoltons sont réinvestis dans les centres médicaux qui traitent les grands brûlés, mais aussi dans la rééducation, le soutien financier des familles qui ont du mal à assumer des soins longs et onéreux, ainsi que le soutien psychologique et émotionnel de tous ceux qui sont affectés.

Grands brûlés. Soins médicaux. Soutien psychologique.

Un frisson glacé la parcourut. Elle savait maintenant pour quelle raison Matthieu n'avait pas voulu venir. Cela n'avait rien à voir avec elle. Et tout à voir avec le drame de son enfance.

6.

Bien avant que les pales de l'hélicoptère aient ralenti, après l'atterrissage sur le discret héliport situé derrière des jardins du musée, Matthieu était crispé. Et ce n'était pas en raison du report hâtif de son rendez-vous avec l'ambassadeur d'Afrique du Sud au sujet d'une éventuelle exploitation minière, mais à cause de sa femme. Il tenta de se détendre alors qu'il traversait à grandes enjambées les allées menant à la salle de gala, mais il ne pouvait pas s'empêcher de serrer les poings.

Il n'avait aucune envie d'être ici ! Il y avait près de dix ans qu'il n'avait pas assisté à cette manifestation, depuis la toute première. Des souvenirs affluèrent à sa mémoire, éveillant sa colère et sa frustration, ainsi qu'un léger mépris pour la naïveté dont il avait fait preuve alors. Il avait fondé tant d'espoirs sur cette entreprise caritative ! Mais dès le premier instant, dès le premier flash d'un paparazzi, il avait compris que les vautours étaient venus non pour soutenir la fondation, mais pour se repaître des souffrances dues à la perte de sa famille. Pour le dévorer, lui. Toutes les photos, tous les articles s'étaient concentrés sur le scandaleusement célèbre Matthieu Montcour, et non sur ce qu'il voulait entreprendre. Il s'était juré ce soir-là de ne plus jamais assister au gala, de ne plus jamais nuire à la fondation. Il avait laissé le soin de la diriger à l'homme très efficace qu'il avait engagé près de dix ans auparavant. Il ne regrettait pas d'avoir fondé cette œuvre de bienfaisance, mais il ne pouvait pas s'en occuper personnellement, voilà tout.

Maria n'avait aucune idée du guêpier où elle s'était fourrée. Les journalistes, les célébrités qui assistaient à l'événement se nourrissaient de ragots et de drames, et son mariage avec une jeune inconnue, enceinte qui plus est, ferait à coup sûr les gros titres du lendemain.

Pendant le court vol en hélicoptère jusqu'à Lausanne, il avait adressé un mail à sa secrétaire pour qu'elle gère les retombées médiatiques. La sécurité serait renforcée dans son immeuble de bureaux et chacune de ses propriétés, y compris celle de Lucerne. Il détestait vivre sous les feux des projecteurs.

Que t'étais-tu imaginé ? Que tu pourrais garder Maria pour toi tout seul ? Qu'elle resterait éternellement ton secret, et ton enfant aussi ?

« Je refuse de vivre ainsi. » Les paroles de Maria dans la salle de sport l'avaient atteint tel un coup de poignard, et il se demanda s'il était bel et bien devenu un monstre, qui l'enfermait chez lui, l'isolait du reste du monde.

Mais elle ne savait pas ce qui la guettait !

Deux hommes en costume noir munis d'oreillettes se tenaient de chaque côté de l'entrée discrète située à l'arrière du bâtiment. En le voyant venir, ils l'enveloppèrent d'un regard jaugeur, puis l'un d'eux lui ouvrit la porte, lui donnant accès au musée. Matthieu fut accueilli par une petite femme blonde, à peine maquillée, l'air sérieux. Il appréciait Margery, l'assistante du directeur de la fondation, sèche et efficace. Le genre de personne dont il s'était toujours entouré… jusqu'à Maria.

Margery lui expliqua avec calme que cette dernière était arrivée une vingtaine de minutes plus tôt, avait été accueillie par le directeur, M. Keant, mais que sa présence avait enflammé les médias. Keant l'avait escortée sur le tapis rouge et la présentait maintenant à divers invités. Le discours allait commencer dans cinq minutes, le dîner dans trente, et c'était après ce dîner, dans une heure et demie, qu'il pourrait faire une sortie rapide sans attirer l'attention.

Il hocha la tête, digérant ces informations alors qu'ils franchissaient une porte dérobée, puis se faufilaient dans le vaste hall du musée où se déroulait la réception.

Il repéra d'emblée Maria et se figea à sa vue. Elle était magnifique. Sa robe bleu nuit, brodée d'une infinité de paillettes, épousait ses formes généreuses et son ventre arrondi, effleurant presque les escarpins à talons hauts qui, sous les lustres de la coupole, brillaient de reflets argentés. *Elle est à moi.*

Elle parlait avec un couple, la femme portant dans ses bras un tout petit enfant, l'homme tenant par la main un garçonnet d'environ sept ans. Elle riait, alors qu'il ne l'avait pas vue rire une seule fois depuis leur nuit à Iondorra. Elle avait une main levée, et le bébé tirait sur ses bracelets en argent.

Il enveloppa ce tableau du regard, s'attardant enfin sur le garçonnet, dont le sourire n'était en rien diminué par la cicatrice qui, partant du cou, lui couvrait la moitié du visage. Comme lui, ce petit garçon était dans l'impossibilité de cacher sa peau brûlée.

Une douleur aiguë le transperça à cette vue. Alentour, les mécènes et les hôtes de sa fondation étaient là, prêts à donner pour une noble cause. Et, si quelques têtes convergeaient en effet dans sa direction, la plupart des gens étaient occupés à bavarder. Certains avaient des lésions, comme lui.

Matthieu s'était tenu à l'écart pour laisser vivre la fondation. Pour la première fois, il se demanda si c'était la véritable raison de son attitude. Car ici, les gens qui portaient des cicatrices comparables aux siennes, loin de lcs cacher, se tenaient fièrement sous les lumières, à nu aux yeux du monde, souriants malgré tout.

Comme si elle avait senti sa présence, Maria capta son regard, et il lut en elle toute une myriade d'émotions : surprise, inquiétude, contrition, compassion. Alors qu'il n'aurait voulu y voir que du désir. Le désir brûlant qu'il éprouvait lui-même. En proie à une vive excitation, il se dirigea vers sa femme à grandes enjambées.

— Matthieu… Tu es venu !

— Oui.

— Merci, lui répondit-elle avec un sourire apaisant.

En cet instant, il entrevit la mère qu'elle saurait être. Il lui avait dit qu'elle était forte, courageuse et déterminée. Il voyait maintenant qu'elle serait bonne, aimante, encourageante, tout comme l'avait été sa propre mère.

— Monsieur Montcour ! s'exclama Benjamin Keant qui venait de l'apercevoir.

Matthieu réprima son souvenir nostalgique de sa mère. Il ne prêta guère attention au bavardage du directeur, mais ne put pas se dérober au regard de son épouse – cette épouse qui ne percevait que trop de choses.

Maria avait senti que Matthieu était là, aimantée par sa présence. Alors qu'elle bavardait avec le couple et leurs enfants, appréciant leur conversation simple et ouverte si différente des propos superficiels des mondains du gala, elle avait senti tout à coup un frisson, un picotement dans la nuque. Quand enfin elle avait vu Matthieu, marchant vers elle à travers la foule, elle avait eu le souffle coupé. Sa puissante silhouette vêtue d'un smoking bleu nuit, sa cravate sombre légèrement de travers sur la chemise d'un blanc immaculé, sa barbe naissante… Sur un autre que Matthieu, cela aurait semblé négligé. Sur lui, c'était irrésistible.

L'expression sévère de ses traits s'était adoucie quand il avait vu la petite famille, dont le fils, Edward, avait été victime d'un accident de voiture et prisonnier dans le véhicule en feu.

Même si le directeur déversait un flot de paroles à son mari sans percevoir son humeur sombre, Matthieu n'avait pas cessé de la regarder. C'était pour elle presque comme une caresse, une empreinte apposée sur sa peau. Mais elle pensait ce qu'elle avait dit à Matthieu. Elle ne pouvait pas, ne *voulait pas* vivre comme ça.

— Tes bracelets sont drôlement jolis, lui dit Edward, en élevant la main pour les faire tinter au grand plaisir de sa petite sœur, qui tirait toujours sur les cercles d'argent.

— Merci, Edward, répondit-elle avec fierté. C'est moi qui les ai faits, alors, je suis d'autant plus contente que tu les aimes.

— Tu fabriques des bijoux ?

Elle pensa aux caisses qu'elle avait expédiées en Italie. Ces dernières semaines, elle avait réalisé croquis sur croquis, inspirée par la splendeur de la propriété aux abords du lac Lucerne. La beauté naturelle du bois, des arbres, feuilles et baies… La surface lisse et miroitante du lac enflammait son imagination… Il était étrange qu'elle ait soudain recouvré sa créativité, étiolée depuis qu'elle avait quitté Iondorra. Depuis qu'elle avait quitté le lit de Matthieu après leur unique nuit.

— Oui, c'est mon métier, expliqua-t-elle, comprenant que cela faisait partie d'elle autant que le bébé qui grandissait dans son ventre.

— Et toi, que veux-tu faire quand tu seras grand ? demanda Matthieu au jeune garçon, d'une voix que Maria ne lui avait jamais entendue.

Edward leva les yeux, lança un regard à ses parents comme pour savoir s'il pouvait parler à cet inconnu et, ayant reçu des sourires encourageants, il déclara avec fierté :

— Je veux être pompier.

— C'est un travail très excitant, et très important aussi.

— Je sais, dit Edward, faisant allusion, avec la curieuse désinvolture propre aux enfants, à ses cicatrices.

Matthieu s'accroupit pour se mettre à sa hauteur.

— Moi aussi, lui chuchota-t-il d'un air de conspirateur, en écartant légèrement son col.

Maria retint son souffle alors qu'Edward écarquillait les yeux, puis hochait la tête.

— On a prélevé de la peau sur mon crâne pour la greffer sur mon visage, dit le garçonnet.

— Waouh ! dit Matthieu avec un sifflement qui parut enchanter Edward. Moi, on m'a greffé de la peau *artificielle*.

— Lambeaux ou peau pleine ? lança Edward d'un air de défi.

Maria eut l'impression que le grand rire explosif de Matthieu résonnait en elle, et elle observa son mari et le garçonnet qui comparaient leurs traitements dans un esprit de compétition. Elle eut le sentiment d'entrevoir quel père serait Matthieu. Le lien qu'il bâtirait avec leur enfant, et qu'elle aurait tant désiré avoir avec lui.

— Tu es sûr de ne pas vouloir être médecin quand tu seras grand, et non pompier ? demanda Matthieu.

— Je préfère les camions des pompiers, répondit Edward.

Le rire du groupe fut interrompu par le discours de bienvenue. Benjamin parla avec clarté et modestie de l'usage auquel étaient destinés les fonds réunis, et il présenta le parcours exemplaire de certains invités. Presque tout le monde en eut la larme à l'œil. Il acheva en remerciant chaudement Matthieu.

Maria frissonna sous les regards des invités, tandis que Matthieu acceptait avec grâce les remerciements du directeur. Quand les applaudissements s'éteignirent, Edward et sa famille se fondirent dans la foule, et Maria se tourna enfin vers son mari.

— Regrettes-tu d'être venu, ce soir ? s'enquit-elle avec timidité.

— Pas encore, mais la soirée n'est pas terminée, lui répondit-il avec ironie.

Cela revenait à tendre un rameau d'olivier, et Maria sourit en lui prenant la main. Il la serra doucement, et elle éprouva une soudaine flambée de bonheur.

Tout en serrant la main de Maria, Matthieu prenait la mesure du bien accompli par la fondation qu'il avait créée grâce aux assurances-vie héritées de sa famille. Toute une richesse démesurée, en plus de Montcour Mining Industries, qui aurait paru presque risible si elle n'avait pas été rattachée à un si grand deuil.

Depuis le premier gala, dix ans auparavant, l'intrusion des médias, les gros titres sur « Montcour, l'homme hanté » l'avaient dissuadé de revenir. Mais, vu le grand nombre de gens secourus par la fondation, c'était un peu comme si les disparus avaient apporté leur aide à ceux qui étaient démunis au moment où ils en avaient le plus besoin. Cela lui mettait un peu de baume au cœur.

Margery apparut soudain à côté de lui.

— Il reste un peu de temps avant le dîner, et M. Keant a pensé que vous aimeriez faire la visite privée de l'exposition de peintures que le musée a conçue pour le gala. Ils l'ont offerte avec beaucoup de générosité.

— On peut ? demanda Maria avec enthousiasme.

Matthieu n'eut pas le cœur de refuser et confia à Margery le soin de les guider. Ils longèrent des couloirs faiblement éclairés, vers une série de salles réservées à l'exposition.

— Si vous avez des questions sur les artistes, n'hésitez pas, leur dit Margery avant de décrocher le cordon rouge qui barrait l'accès à la première salle.

De grandes toiles pleines d'éclat étaient accrochées aux cimaises, établissant un parcours visuel qui semblait surtout dicté par les formes et les couleurs, estima Matthieu. La tranquillité des lieux le gagna, le délestant de la tension qui semblait avoir pesé sur lui pendant des années. Maria se déplaça de tableau en tableau, et il sourit en voyant qu'elle s'attardait devant certaines peintures comme pour percer le secret de leur réalisation.

Tandis qu'elle examinait les toiles, il ne put s'empêcher de l'étudier, elle. Il nota son enchantement, le léger plissement de son nez quand quelque chose l'intriguait, sa joie de découvrir un chef-d'œuvre qu'elle n'aurait pas cru avoir la chance de voir. Et il s'émerveilla non seulement de sa beauté, mais aussi d'avoir pu garder ses distances avec elle, ces dernières semaines.

Ils allèrent de salle en salle tandis que Margery les suivait avec discrétion, à distance. Malgré cet isolement factice, Matthieu gardait les yeux posés sur Maria, si bien qu'il mit un moment à repérer la présence d'une toile qu'il n'avait encore jamais vue.

Maria était éblouie par l'exposition. Monet, Klee, Caillebotte, Duchamp, Renoir, Rothko, Freud… Il y avait là les plus grands artistes des deux derniers siècles, et c'était une fête pour les yeux et le cœur. La beauté de ces œuvres la submergeait, l'inspirait, lui suggérait des dessins, des formes pour modeler le métal, créer à son tour de la beauté, fût-elle plus modeste.

Ils étaient parvenus au terme de l'exposition et, même si un grand tableau de Hockney occupait près d'un pan de mur de l'ultime salle, elle fut plutôt attirée par une toile plus petite, représentant un couple et un jeune garçon qui se faisaient face en riant de concert. Elle fronça les sourcils en observant le père, qui lui évoquait confusément quelque chose, et son regard se porta sur l'étiquette pour connaître le nom de l'artiste et le sujet du tableau.

Elle fut si choquée qu'elle laissa échapper un hoquet et porta la main à sa bouche. Elle contemplait les Montcour, le père et la mère de Matthieu… et le jeune garçon qu'il avait autrefois été.

Submergée de tristesse et de chagrin, elle admira

pourtant le talent de l'artiste, qui avait su capter le regard d'amour que le père portait sur sa femme et son enfant ; la mère n'avait d'yeux que pour son fils, mais gardait la main sur le bras de son époux comme pour signifier un lien indéfectible. Mais le plus bouleversant était leur joie d'être ensemble… Une joie qui devait disparaître moins d'un an après l'exécution de cette peinture.

D'abord, Maria n'osa pas se tourner vers Matthieu. Il se tenait à l'écart mais, malgré la distance, elle percevait sa douleur, sa colère et son chagrin…

Un bip électronique vite suivi d'un flash aveuglant la fit tressaillir. Quelques secondes plus tard, plusieurs autres flashs crépitèrent, et Matthieu la dépassa pour plaquer l'intrus contre le mur, leurs silhouettes sombres se découpant sur le fond blanc. Des gardes du corps se précipitèrent pour séparer les deux hommes.

Matthieu s'écarta du vigile. Il parlait si vite que Maria parvenait à peine à le comprendre, mais son ton était éloquent. Le photographe, lui, hurlait en pointant du doigt son mari. Sans lui accorder un regard, Matthieu quitta la salle à grands pas.

Elle s'élança à sa poursuite. Elle dépassa Margery en prêtant à peine garde à son désarroi, suivit Matthieu qui quittait les lieux par une porte dérobée et traversait les jardins. En un rien de temps, ils parvinrent près d'un petit hélicoptère, et tandis que le pilote effectuait les manœuvres préparatoires au décollage, Matthieu lui tint la portière, sans prononcer un seul mot. Elle monta dans l'habitacle tandis que Matthieu, au lieu de s'asseoir près d'elle, s'installait à côté du pilote, prêt à décoller.

Elle aurait pu se glisser entre eux, mais préféra n'en rien faire, se cramponnant à l'arrière tandis que l'appareil se détachait du sol puis filait dans le ciel nocturne. Autour d'elle, tout était sombre. Seuls de petits points lumineux trouaient le manteau obscur de la nuit, accentuant encore le sentiment de culpabilité qui l'avait envahie. Que le photographe ait pu saisir Matthieu dans ce moment de vulnérabilité, ce moment bouleversant… C'était la toute première fois qu'elle avait entrevu la douleur de son mari.

Maria n'avait pas connu sa mère, morte en la mettant au monde, et n'avait que les souvenirs transmis par son frère et son père pour se faire une idée de celle qui lui avait donné le jour. Son chagrin était pareil à la douleur fantôme d'un membre amputé : abstrait, lointain. Oui, elle avait éprouvé le deuil et la colère, la privation, mais sans jamais vraiment connaître ce qui lui manquait.

Pour Matthieu, en revanche, c'était une autre histoire.

Maria eut l'impression d'avoir effectué un long voyage lorsque l'hélicoptère se posa sur l'héliport de la propriété de Lucerne.

Même si Maria avait envie de descendre et de fuir dans la nuit, elle supposa qu'il y avait des règles de sécurité à respecter. Matthieu l'incita à sortir et, alors qu'elle le suivait dans les ténèbres, dans le grondement déclinant des rotors de l'appareil déjà loin, elle entendit la sonnerie de son mobile, qu'il ignora, tout comme il l'ignorait, elle.

Tout à coup, elle sentit la rage s'emparer d'elle. Parce qu'il ne consentait pas à la regarder, encore moins à lui parler. Plus ils approchaient de la propriété, plus elle était furieuse, elle avait un peu l'impression d'être ramenée en prison. Une prison où son époux tolérait tout juste sa présence. Il lui était arrivé, dans l'enfance, d'éprouver un sentiment de solitude extrême. Lorsque son père, sa belle-mère et son frère se disputaient pour des histoires d'argent derrière des portes closes, prenaient des décisions sur leur avenir sans lui laisser voix au chapitre. Elle s'était juré de ne jamais se retrouver dans une telle position. Et, ironie du sort, la seule fois où elle avait effectué un choix personnel, suivi son instinct, elle s'était retrouvée une fois de plus sous le contrôle d'une autre personne, son mari.

Matthieu entra dans la maison par le jardin et traversa à grands pas la cuisine et le salon. En le voyant s'avancer vers le sanctuaire qu'était son bureau, Maria n'y tint plus. Elle refusait de supporter ça plus longtemps.

— Demande-moi pourquoi je suis allée au gala, ce soir ! lui lança-t-elle.

Il s'arrêta, la main tendue vers la poignée de la porte. En le voyant aux prises avec une lutte intérieure, elle s'interrogea : allait-il s'enfermer dans le bureau ou répondre à sa question ? Elle retint son souffle jusqu'au moment où il se retourna enfin.

— Pourquoi es-tu allée au gala ce soir, Maria ? questionna-t-il d'une voix blanche, tel un automate.

— J'y suis allée parce que Mme Montcour y était invitée et que j'avais envie de la voir.

— Tu divagues…

— Je m'y suis rendue parce que je ne savais pas qui j'étais en tant qu'épouse. Maria Rohan de Luen, oui, j'apprenais à la connaître avant d'être ta femme. Elle commençait à trouver sa liberté, à faire ses choix, mais Maria Montcour ? Pour moi, c'est une inconnue. Je voulais voir qui elle était, si elle était différente, plus sûre d'elle, peut-être… et plus séduisante que la précédente Maria. En allant au gala d'une fondation créée par mon mari, j'espérais en apprendre davantage à son sujet aussi !

Elle aurait voulu rester calme, mais elle criait presque en achevant sa tirade. C'était la première fois qu'elle agissait ainsi envers quelqu'un.

Elle crut d'abord que ses paroles resteraient sans effet. L'homme qui se tenait face à elle aurait tout aussi bien pu être gravé dans le marbre. Son mobile sonna de nouveau, plusieurs fois, brisant le silence.

— Eh bien, grommela-t-il, tu as eu ce que tu cherchais ! Comme les paparazzis ! N'as-tu donc réfléchi à rien ? Cette soirée est tout ce que j'avais voulu éviter pendant *dix ans* ! J'ai essayé de t'alerter sur les journalistes, ces vautours prêts à tout pour avoir un aperçu du *monstre* et de l'innocente qui était désormais sa femme !

Maria eut un coup au cœur en entendant ces mots. Était-ce vraiment ainsi qu'il voyait leur couple ?

— Dès que tu as mis les pieds sur le tapis rouge, le monde entier a su que tu m'avais épousé et que tu attendais mon enfant !

— J'admets que je n'ai peut-être pas réfléchi à tout.

— Nous n'avons pas ce luxe !

— Matthieu, les médias l'auraient su un jour ou l'autre, dit-elle avec douceur.

— Au moment où nous l'aurions choisi, et non au détriment de la fondation !

— Matthieu…

Elle fut interrompue par un nouveau bip en provenance du mobile.

— Bon sang, qu'est-ce qui se passe ?

— Tu n'as pas une petite idée ? fit-il d'un air incrédule. Eh bien, tiens, regarde !

Il avait passé le doigt sur l'écran avant de le lui tendre, et elle fit défiler des pages et des pages de titres tapageurs au sujet de la « bête fauve » et de sa prétendue violence… Certains se demandaient même si Maria était en sécurité avec lui. Certes, il y avait des articles élogieux, assurant que Matthieu Montcour avait trouvé le bonheur, d'autres qui vantaient le succès phénoménal du gala, la joie d'un futur héritier pour la dynastie des Montcour… Mais elle retenait de cette soirée l'image de Matthieu, les yeux brillants de larmes devant le tableau représentant sa famille. En voulant se trouver elle-même, elle avait anéanti Matthieu.

7.

Matthieu était fou de rage. Contre la presse, contre Maria, contre lui-même. C'était lui qui avait bousculé ce photographe contre le mur, lui qui, en perdant son sang-froid, avait alimenté les titres obscènes et racoleurs des médias.

Avant le gala, il avait programmé son mobile pour être alerté de toute publication sur les réseaux sociaux les concernant, lui ou Maria. Et le téléphone qu'elle serrait dans ses mains tremblantes n'arrêtait pas de biper.

Parce que ce satané photographe les avait surpris, l'avait surpris, *lui*, dépouillé de toutes ses défenses, et que cela avait libéré sa colère et sa violence.

Il ferma les yeux, mais le portrait de famille que son père avait commandé plusieurs mois avant la nuit de l'incendie restait gravé dans son esprit. Artistiquement, c'était certes un chef-d'œuvre. Le tableau captait un instant de bonheur familial, d'autant plus précieux que la suite des événements avait été fatale. Il laissait rarement ces souvenirs du passé remonter à la surface, préférant se battre pour aller de l'avant.

Et maintenant les souvenirs affluaient, ravivés par la vision du tableau.

— Matthieu…

— Je t'avais prévenue. Je t'avais prédit ce qui arriverait ! Mais il a fallu que tu y ailles quand même !

Il était horrifié de s'être mis à crier, horrifié de constater qu'il n'avait toujours pas repris le contrôle de lui-même.

— Je ne pensais pas… Je suis navrée.

— Tes excuses ne signifient rien, répliqua-t-il avec cruauté. Il faut que tu comprennes comment vont les choses. Ce que c'est que d'être ma femme, et ce que sera ta vie avec notre enfant. Toujours, les paparazzis nous traqueront, suivront les moindres de nos mouvements. Ils n'ont pas cessé de le faire depuis…

Il eut un recul en sentant que Maria posait la main sur son bras pour l'obliger à la regarder en face, et il eut le plus grand mal à ne pas repousser cette main. Parce qu'il fallait réellement qu'elle comprenne. Jamais le monde ne se lasserait de son passé tragique, de sa « monstruosité ».

— Après les enterrements, j'ai échappé au déchaînement médiatique. Malcolm et l'hôpital sont parvenus à m'en protéger. Je n'étais donc pas préparé à ce qui arriverait. Mais j'ai besoin de te savoir prête.

— Que s'est-il produit, Matthieu ?

Il soupira. C'est à contrecœur qu'il rouvrait sa blessure pour Maria, mais il savait que c'était préférable à la douleur la plus profonde, celle qu'il venait de sceller au plus profond de lui-même.

— Sais-tu ce qui m'a d'abord valu ma réputation de monstre, de bête fauve ? J'avais dix-sept ans la première fois qu'ils ont recouru à l'expression.

Elle le dévisagea, tandis qu'il poursuivait.

— Malcolm voulait m'assurer un semblant de vie normale, dit-il avec un ricanement cynique. À dix-sept ans, j'étais enfin suffisamment remis pour aller au collège, mais c'était difficile. Pendant six ans, je n'avais côtoyé que des adultes, des infirmières, des médecins et des précepteurs. J'avais peu d'expérience des gens de mon âge, des ados qui avaient déjà leurs amis, leurs bandes. Alors, je restais dans mon coin. Je faisais profil bas, j'étudiais. Grâce à mon éducation, j'avais un an d'avance, ce qui était déjà une bizarrerie. Quant aux cicatrices… Elles suscitaient la curiosité des autres élèves, beaucoup plus que je ne l'aurais cru. Quand une des plus jolies filles du collège m'a demandé de l'aider dans ses études, je…

De nouveau, Matthieu eut un soupir, en songeant à l'adolescent naïf qu'il était alors.

— J'avais cru qu'elle serait différente des autres. Quand j'ai compris qu'elle me draguait, j'ai été stupéfait, impatient… et même ravi.

Il ferma les yeux au souvenir de sa naïveté – son ressentiment envers Clara ne s'était jamais dissipé. L'humiliation d'avoir été aussi stupide le torturait, comme d'un couteau qu'on remue dans une plaie. Mais il devait continuer.

— Elle m'a manipulé, comme une marionnettiste. J'étais amoureux, je lui aurais accordé n'importe quoi. Elle ne faisait pas mystère de ce qu'elle attendait de moi. Jusqu'alors, personne n'avait jamais vu mes cicatrices. Je ne faisais pas de sport, je portais mon uniforme scolaire même en plein été. J'aurais dû savoir…

Il se détourna, son regard se perdant dans la nuit, mais il ne put éviter le reflet de Maria sur la vitre. Elle devinait ce qu'il allait dire. Il sentait son empathie, son inquiétude. Il se secoua et continua.

— Elle avait un appareil-photo. Je l'ignorais. Un journaliste sans scrupule l'avait approchée, ainsi que ses amis, et leur avait proposé une grosse somme d'argent pour une photo de moi. Mais cela ne suffisait pas à Clara. Elle avait négocié un paiement plus important encore en échange d'un article sur la façon dont je l'avais séduite, tenté de profiter d'elle, sur ma colère parce qu'elle refusait de faire ce que je voulais. Une cruelle ironie, car c'était moi qui avais refusé de coucher avec elle, je ne voulais pas aller trop vite. C'était comme si le fait d'avoir été rejetée par un monstre tel que moi avait ravagé son ego. Malcolm a obtenu une injonction, l'article n'a jamais paru, mais il était trop tard. Les rumeurs s'étaient répandues au collège, auprès des parents, des médias… Le mal était fait.

Maria tremblait. De colère, de révolte envers l'injustice. Cette fois, elle avait l'impression que la bête, c'était elle, prête à lacérer et à mordre. Dire qu'on l'avait trompé et trahi, après le drame qu'il avait vécu ! Elle se rappela tout à coup leur première nuit. Cela avait dû lui demander un tel effort de consentir à sa requête. Il avait fallu qu'il lui fasse confiance. Elle ne la méritait pas alors, cette confiance, mais elle voulait la mériter maintenant. Elle voulait qu'il voie ce qu'elle voyait, elle.

— Je suis sincèrement navrée.

Il haussa les épaules, comme indifférent à la compassion qu'elle offrait. Mais elle n'allait pas se laisser mettre sur la touche, cette fois.

— Mais tu dois savoir que je ne voyais pas, et ne vois toujours pas en toi un monstre. Et…

Elle marqua un arrêt, espérant qu'il allait comprendre, croire ce qu'elle dirait ensuite.

— Et tu dois aussi savoir que les articles de presse ne te dépeignent pas tous de cette façon.

Elle n'avait pas besoin de faire défiler l'écran pour se rappeler ces unes.

Montcour trouve le bonheur… La fondation Montcour tutoie la réussite absolue… Montcour lève plusieurs millions de fonds…

— Matthieu, t'est-il jamais arrivé de penser que si les médias s'intéressent à toi, ce n'est pas à cause de tes cicatrices ni de ta réputation, ni de la disparition de ta famille, mais parce que tu as survécu ? Parce que tu as fait d'un événement tragique et terrible une remarquable réussite ? Une fondation qui fait don à ceux qui souffrent ?

L'incrédulité, mais aussi un bouleversant soupçon

d'espoir jaillirent dans le regard de Matthieu et donnèrent à Maria la force de continuer.

— Qu'ils ne sont pas horrifiés, mais sidérés par la façon incroyable dont tu as réussi ta vie ?

Il fronça les sourcils, et elle se demanda s'il avait vu les titres auxquels elle pensait, dans le torrent d'idioties qui se déversait sur les réseaux sociaux. Elle voyait qu'il tentait d'assimiler ses propos, tentait de se convaincre qu'il avait pu passer des années à ne considérer que le mauvais côté des choses. Elle sentait le combat qui se livrait en lui, tandis qu'il s'efforçait de refaçonner une image de lui telle qu'elle la voyait, telle que d'autres aussi la voyaient peut-être, et non à travers la lentille grossissante et amère d'une presse de caniveau à l'affût. Mais, très vite, il se ferma, se mura dans ses pensées.

— Je vais me coucher.

Et là-dessus il la laissa seule dans le vaste espace ouvert, tout de béton et cuir blanc, si froid, alors qu'elle brûlait de désir pour cet homme, envahie par l'énergie de son grand corps… Elle ne pouvait pas s'en tenir là. Matthieu souffrait, c'était visible. Elle voulait lui parler encore, mais n'était pas sûre d'en avoir le droit. Si elle n'agissait pas, ils ne seraient à l'avenir que deux personnes isolées, solitaires, partageant le même espace, le même amour pour un enfant, mais sans être ensemble. Si elle le laissait partir ainsi ce soir, elle risquait de le perdre à jamais.

Elle suivit le même chemin que lui, empruntant l'escalier qui menait aux chambres, à celle qui lui était allouée à l'autre extrémité de la maison – aussi loin de lui que possible, apparemment. Ce soir, elle ne battrait pas en retraite, elle ne se cacherait pas, elle ne l'abandonnerait pas.

Elle poussa la porte de sa chambre de maître, où elle n'était jamais entrée. Pendant un instant, elle fut ramenée à la nuit qu'ils avaient passée à Iondorra, face à cette immense pièce.

C'était un bel endroit. Le vaste lit donnait sur d'imposantes baies encadrées de noir qui offraient une vue superbe sur le lac Lucerne, même à cette heure nocturne. Ce devait être splendide, le matin, pensa Maria. Un miroir ancien couvrait tout un pan de mur, éveillant des pensées sensuelles et torrides.

Dans l'angle de la pièce, un couloir menait sans doute à la salle de bains, car un bruit d'eau ruisselante et une légère vapeur parfumée de verveine parvenait jusqu'à elle.

Elle enleva ses chaussures et gagna la douche, attirée par les tourbillons légers de vapeur, ses pieds nus foulant les dalles d'un matériau lisse et silencieux.

Alors qu'elle tournait à l'angle, une vision lui coupa le souffle. L'éclairage tamisé soulignait le magnifique espace tout de cuivre et béton ciré, et les parois vitrées de la grande cabine de douche n'étaient que partiellement embuées. Derrière le verre, elle vit Matthieu, la tête inclinée sous le jet puissant de la douche. Elle s'accorda un instant le droit de le regarder tandis que l'eau cascadait sur ses larges épaules, ses muscles, enveloppait sa peau. Elle brûlait d'en suivre le chemin avec les doigts, jusqu'à ses jambes. Jamais elle n'avait été envoûtée à ce point par un homme – même sa passion naïve pour Theo n'avait pas été aussi dévastatrice.

Elle voulut faire glisser la fermeture Éclair de sa robe, mais elle se bloqua et, dans son désir éperdu de rejoindre Matthieu, elle garda sa robe et entra dans la cabine de douche. Matthieu se contenta de hausser un sourcil, relevant à peine sa présence. Quand elle souleva les pans de la robe et se lova entre ses bras, il rejeta la tête en arrière.

— Que fais-tu ?

L'eau ruisselante imprégnait sa robe, et sa chevelure trempée retombait dans son dos en longues mèches épaisses, mais elle s'en moquait. Son seul désir était de sentir les mains de Matthieu sur sa peau, sa chair sous sa langue, ses caresses… Elle éleva les mains pour effleurer sa mâchoire adoucie par un soupçon de barbe étonnamment soyeux. Elle leva les yeux vers lui tandis que l'eau déferlait sur eux et les vit briller d'excitation.

Dès qu'il sentit les lèvres de Maria contre les siennes, Matthieu fut consumé de désir, corps et âme. Elle était toujours aussi irrésistible. Sa peau douce et lisse sous l'eau ruisselante, ses lèvres pulpeuses, il avait envie de tout. Adossé à la paroi de la cabine, il lui dévora la bouche avec gourmandise, plongeant la langue en elle, mordillant doucement la pulpe de ses lèvres. Pendue à son cou, elle s'agrippait à lui, les seins pressés contre son torse, le ventre rond contre ses abdos musclés.

Pendant tout un mois, il l'avait évitée, non par absence de désir, mais parce qu'il la voulait, au contraire, avec une violence brute qui menaçait de l'anéantir. Mais après ce soir, après toutes ces émotions ranimées par les médias et la vue du tableau, il n'était plus assez fort pour se refuser, *leur* refuser ça. Et que le diable l'emporte, mais il allait prendre tout ce qu'elle avait à donner.

— Le bébé ?

— Il se portera parfaitement bien, répondit-elle en lui donnant un nouveau baiser.

Rassuré, il se renversa en arrière, détachant une main du mur pour lui envelopper les fesses et la presser contre son sexe durci, non sans laisser couler un léger rire.

— Tu as toujours ta robe.

— Comment comptes-tu y remédier ? demanda-t-elle, avec dans la voix plus de défi que de coquetterie.

— Tourne-toi…

Avec un regard confiant, elle se prêta à sa requête, exposant son cou délicat au jet chaud. La main de Matthieu se porta sur la fermeture Éclair et, lentement, très lentement il la fit descendre. Le tissu détrempé de la robe s'écarta, sous le poids, révélant le dos de Maria. Il ne put s'empêcher d'en suivre la courbe avec les doigts, puis les lèvres, savourant avec délice chaque pouce de chair offerte, tandis que la robe tombait à ses pieds.

Maria se cambra sous ses caresses comme si elle aspirait à plus de sensations, et il ne put les lui refuser plus longtemps. Sans hâte, il la fit tourner vers lui. Elle ne portait plus qu'un slip, et sa peau crémeuse était constellée de gouttelettes scintillantes.

Quand, avec douceur, elle lui prit les mains et les posa sur l'arrondi de son ventre, il se sentit partagé entre la fermeté de cette rondeur un peu étrange sous ses paumes, et la pensée que leur enfant grandissait en elle.

— Nous l'entourons tous les deux, lui souffla-t-elle par-dessus le crépitement de l'eau qui les inondait.

Était-ce mal, se demanda-t-il, d'avoir des envies si charnelles envers sa femme alors qu'elle était enceinte de leur bébé ? Depuis son aventure avec Clara, il avait cru que l'intimité sensuelle devait être dépourvue d'émotions et d'attentes, faite de désirs accordés ou refusés avec simplicité, sans pression sur l'autre ni jugement. Mais là…

Son lien avec son épouse menaçait de le déstabiliser. Car tout à coup ses besoins et désirs n'avaient plus d'importance – seuls comptaient ceux de Maria et la façon dont il pourrait les assouvir. Quand elle était entrée sous la douche, il n'avait pensé qu'à annihiler la soirée écoulée, à s'abîmer dans le plaisir et oublier tout. Mais maintenant ? Maintenant, la frustration ne le torturait plus.

Il insinua un pouce sous la ceinture du slip, le faisant descendre lentement sur ses hanches et ses jambes. D'une main, il lui emprisonna le cou et l'attira dans un baiser, tandis qu'il glissait son autre main entre ses cuisses, provoquant chez elle un léger hoquet qu'il happa entre ses lèvres. Maria se cambra aussitôt sous la caresse intime, frémissant d'une excitation égale à la sienne. Elle était si proche de l'orgasme que cela accentua encore son excitation. Alors qu'elle laissait échapper des gémissements de volupté, il s'agenouilla devant elle et mit les mains sur ses fesses rondes avant de poser sa bouche au cœur de sa féminité. Il s'enorgueillit de lui arracher un cri de plaisir et la mena au bord de la jouissance, aussi éperdu de passion qu'elle l'était elle-même.

Comme ses cris sensuels devenaient de plus en plus sonores, il sentit croître son désir, mais le contint, ne songeant qu'à Maria. Quand elle jouit sous ses doigts et sa bouche, il n'avait jamais rien vécu de plus magnifique.

Maria tremblait, cramponnée aux épaules de Matthieu, tandis que le plaisir inondait son corps. Elle avait cru avoir imaginé, fantasmé la volupté grisante que Matthieu lui avait procurée lors de cette fameuse nuit, il y avait maintenant près de cinq mois. Mais il n'en était rien. Elle se demandait même si le temps écoulé n'avait pas affadi ses souvenirs, car chaque caresse de Matthieu la faisait vibrer, telle une musique – une mélodie à la fois familière et entièrement nouvelle.

Elle renversa la tête sous le jet, et Matthieu la prit dans ses bras, comme dans un rêve.

— Tu as l'air d'une sirène, dit-il dans un pétillement de son regard vert et miel.

— Une sirène enceinte ?

— Tu es magnifique.

— Flatteur !

— Pas du tout ! protesta-t-il, cueillant du doigt le pendentif en argent entre ses seins nus. Tu portes toujours ça ?

— C'est la seule chose qui me reste de ma mère. Elle est morte en me mettant au monde.

Matthieu laissa échapper un soupir, fermant brièvement les yeux.

— Maria… Je suis vraiment navré.

Elle sourit, comme pour l'apaiser.

— Si je n'avais pas été là, elle aurait vécu. Sebastian aurait une mère, et mon père n'aurait pas noyé son chagrin dans un deuxième mariage, avec une femme plus attachée à dépenser de l'argent qu'à donner de l'amour, et fait des placements financiers risqués qui ont failli nous détruire.

Elle posa une main sur le bras de Matthieu.

— Je ne me reproche rien, lui assura-t-elle. Il y a eu des complications médicales. Je sais que je n'y suis pour rien, je n'étais qu'un bébé. Mais je sais ce que signifie perdre quelqu'un.

— Je suis content que tu aies au moins ce collier. Il ne me reste… Il ne me reste de mes parents que le cadeau offert par ma mère à mon père le soir de leur mort. C'était leur douzième anniversaire de mariage, elle le lui avait donné juste avant que j'aille me coucher.

Matthieu respira de façon saccadée en se remémorant ce qui s'était passé ensuite, mais il se contraignit à revenir au présent.

— C'est brûlé, en grande partie fondu et très endommagé par le feu.

— Où se trouve-t-il ?

— Dans ma table de nuit.

Il regarda Maria, alors, et comprit ce qu'il avait redouté dès l'instant où il l'avait vue. Il avait su qu'elle déterrerait son chagrin, sa douleur… les comprendrait, même. Il avait su qu'elle serait celle qui abattrait les murailles édifiées autour de son cœur depuis près de vingt ans, sans savoir comment vivre sans elles. Car il aurait fallu pour cela s'ouvrir… se rendre vulnérable au chagrin et au deuil, qui avaient déjà failli le détruire.

Tandis que Maria l'embrassait, traduisant ainsi sa compassion, son empathie, il prolongea ce baiser, attisant délibérément leur passion réciproque.

— Matthieu…

Maria laissa échapper un cri quand il la souleva dans ses bras et sortit de la douche avec elle. Un cri qui se mua en rire lorsqu'il la posa par terre et se mit à la sécher avec la serviette-éponge la plus épaisse et moelleuse qu'elle ait jamais touchée.

— Maria Montcour, il n'y a pas lieu de rire. Je prends mon devoir d'époux très au sérieux.

Il ne plaisantait qu'à demi.

— Je sais, dit-elle, non sans tristesse.

Elle savait qu'il assumait et assumerait toujours son devoir. Parce qu'il était ainsi fait, mais peut-être pas… pour elle.

Elle refoula cette pensée et caressa la joue de l'homme qui avait su comprendre son deuil alors qu'il fuyait apparemment celui qui le frappait. Elle aimait la ligne hardie de sa mâchoire, que venait adoucir sa barbe naissante. Elle sentit son pouls s'accélérer alors qu'il accueillait la caresse, déposait un baiser au creux de sa paume, puis sur son poignet.

Il n'était pas normal, sûrement, de désirer aussi fort un homme juste après qu…

Ses pensées se dispersèrent alors que le pouce de Matthieu redessinait la pointe durcie d'un sein, et elle réprima un soupir de volupté.

— Oui… viens…, s'entendit-elle murmurer, se demandant d'où lui venait cette audace.

— Tes désirs sont des ordres, répondit-il en la soulevant dans ses bras pour la déposer en douceur sur le lit et la rejoindre aussitôt.

8.

Maria ne savait pas très bien à quoi elle s'était attendue, après le gala. Peut-être à ce que sa nouvelle existence reprenne dans l'étrange isolement qu'elle vivait depuis son mariage… Mais elle se serait trompée du tout au tout.

Le premier soir, elle s'était rendue dans sa chambre, suivie de Matthieu qui l'avait soulevée dans ses bras, puis emportée chez lui et allongée en douceur sur le lit avant de lui faire l'amour en silence. Cela se répéta le deuxième soir, et elle était trop déroutée pour vouloir rompre l'étrange ensorcellement qui semblait les avoir frappés.

Le troisième soir, comme le bébé était agité, et que le sommeil se dérobait à eux, il avait allumé la veilleuse, s'était redressé à demi et lui avait demandé comment elle avait réalisé son premier bijou. Il l'avait assaillie de questions, si bien qu'elle avait failli s'endormir en lui détaillant le matériel de son atelier de Camberwell.

Il renouvela son manège les deux nuits suivantes, et Maria était presque convaincue qu'il était désormais capable de façonner un bracelet sans aucune expérience préalable.

Il ne l'avait pas touchée, cependant. Il n'avait pas recréé l'intimité de la nuit du gala, et cela la mettait au supplice. Avait-elle fantasmé le lien qu'ils avaient forgé cette nuit-là ? N'avait-ce été que la nécessité d'un moment ? Mais, dans ce cas, pourquoi l'amenait-il dans sa chambre toutes les nuits ?

Chaque jour, alors qu'il se rendait à son bureau de Zurich,

Maria marchait en forêt aux abords du lac, se perdait dans la beauté du paysage, la douce tiédeur de l'été finissant. Et, chaque jour, elle s'émerveillait du changement de son corps, de l'enfant qu'elle portait.

Les vêtements qu'elle avait acquis un mois auparavant étaient devenus trop étroits, et elle envisagea d'en acheter de nouveaux. Elle dut s'avouer avec horreur qu'elle devrait solliciter son mari ou son frère, car elle n'avait plus d'économies. Elle avait donc tant lutté afin de conquérir son indépendance pour en arriver là ? Elle se sentait prise au piège par l'homme tourmenté qu'elle avait épousé. Un homme dont elle commençait à comprendre qu'il n'était pas seulement l'être autoritaire et solitaire qu'elle avait d'abord rencontré.

L'expression « prise au piège », cependant, était trop réductrice pour décrire sa vie. Car elle avait sa liberté, et plus encore, l'attention de Matthieu. La nuit, ils parlaient de leurs espoirs et leurs rêves… des prénoms pour le bébé, des projets pour son avenir. Le tableau d'ensemble, loin de paraître tout à fait réel, gardait l'allure d'un enchantement, qu'un simple faux pas pourrait dissiper.

Quelque chose briserait l'harmonie qu'elle avait découverte dans la semaine écoulée, que cela vienne d'elle, de Matthieu ou de quelqu'un d'autre, elle en était sûre. Cette fragile détente qu'ils avaient trouvée… cela ne pouvait pas durer.

En rentrant de sa promenade, agréablement lasse, Maria prit son mobile, déterminée à trouver en ligne des vêtements plus amples. Elle vit alors qu'elle avait manqué une quinzaine de coups de fil de son frère. Dans un élan proche de la panique, elle appuya sur le bouton de rappel, pressée d'être en communication avec Sebastian.

Dès qu'elle entendit sa voix bougonne, elle le bombarda de questions.

— Qu'est-ce qu'il y a ? Tout va bien ?

— Je n'en sais rien. À toi de me le dire.

— Comment ça ? fit-elle, se laissant tomber dans un fauteuil, soulagée de voir qu'il ne lui était rien arrivé de mal.

— Eh bien, je n'ai aucune nouvelle de toi pendant un mois ou deux, ce qui n'a rien d'inhabituel, vu ta tendance à aller d'un projet à l'autre… Et subitement voici que je te découvre en couverture d'une quinzaine de magazines internationaux, enceinte et apparemment mariée ! Alors, pour l'amour du ciel, dis-moi ce qu'il se passe vraiment !

Maria était consciente d'avoir, d'une certaine façon, évité de penser à Sebastian, faute de trouver les mots pour lui expliquer la situation. Elle réalisait maintenant qu'elle avait fait l'autruche.

— Seb, je…

— Tu as dit que tu rendais visite à un ami en Suisse, coupa son frère, à la fois inquiet et accusateur. Je t'en prie, Maria, dis-moi que tu vas bien !

— Mais oui, je vais bien ! Je t'assure.

Pendant la demi-heure suivante, elle mentit à son frère – une première – sur les circonstances de sa rencontre et de son mariage avec Matthieu, élaborant une fiction cousue de fil blanc. Peine perdue, Sebastian voulut la voir, faire connaissance avec Matthieu, et Maria ne put pas refuser son invitation, qui s'apparentait plutôt à un ultimatum. Il les conviait à dîner dans sa propriété des abords de Sienne dans deux jours. Et Maria, submergée par une avalanche de pensées, se retrouva soudain en proie au doute.

Quand Matthieu arriva dans l'allée de sa demeure, il ne savait pas très bien s'il allait faire demi-tour ou se garer au plus vite pour courir rejoindre l'épouse qu'il n'arrivait pas à cerner.

Depuis la nuit du gala, il avait été incapable, ou plutôt peu disposé à dormir dans son lit sans sa femme. Et il ne pouvait pas l'expliquer. Quand il l'avait emmenée dans son propre lit, quelque chose avait apaisé la bête féroce qui vivait en lui. Cela ne tenait pas aux caresses, aux cris de plaisir de Maria, ni à la passion violente qui les unissait – ce qui ne manquait pas d'être perturbant. En fait, c'était apparemment sa présence qui le calmait, et rien ni personne n'avait jamais eu ce pouvoir. Chaque nuit, quand elle n'arrivait pas à dormir, il lui posait des questions… rien que pour entendre le son de sa voix. Il restait éveillé pour le seul plaisir de la regarder respirer, ainsi que leur bébé à venir. Car, la nuit du gala, elle lui avait montré quelque chose qu'il n'avait pas vu auparavant : il était un *survivant*. Ce mot résonnait dans son esprit, et il se demandait si son enfant verrait en lui un survivant. Il avait envie qu'il en soit ainsi.

Il traversa le vestibule, fronçant les sourcils en écoutant les pas de Maria, qui arpentait le salon. Il la surprit en train de se tordre les mains avec nervosité.

— Qu'est-ce qu'il y a ?

Elle leva les yeux, tressaillit d'un air presque coupable. Puis se remit à marcher de long en large.

— Maria ?

Voyant qu'elle agitait la main sans cesser son manège, une peur soudaine le ravagea.

— Le bébé… ?

— Seigneur, non ! Le bébé va bien, il va très bien, assura-t-elle en s'arrêtant un instant, effarée à l'idée qu'il ait pu penser une chose pareille. C'est juste que… mon frère… Il faut que nous allions en Italie, et je n'y suis pas prête. Je n'ai même pas la garde-robe qu'il faut et…

Maintenant qu'il était rassuré sur le bébé, Matthieu ne put s'empêcher de rire, tout en s'interrogeant sur ce qu'elle pouvait bien vouloir dire.

— Quel rapport avec l'Italie et avec ton frère ?

— Il est au courant, Matthieu. Il a vu une photo de nous au gala. Où on voit que je suis enceinte.

— Tu ne lui avais rien dit ?

— Je…

Il se rembrunit. Ils n'avaient pas beaucoup parlé de la famille de Maria. Il savait qu'elle avait un frère, un père remarié après la mort en couches de son épouse. Avait-il supposé qu'elle les avait mis au courant ? Il avait peut-être supposé un peu trop de choses, concernant sa femme…

— Il veut qu'on lui rende visite à Sienne. Il veut… te connaître.

Cette fois, Matthieu parvint à réprimer son rire. Cela était important pour Maria, de toute évidence. Il ne l'avait jamais vue dans cet état ! Il aurait même juré qu'elle avait été moins paniquée quand elle lui avait annoncé sa grossesse.

— Alors, nous irons, dit-il avec simplicité.

Pour la première fois, elle s'arrêta d'aller et venir.

— Vraiment ?

— Mais oui, Maria. Il est de ta famille, c'est essentiel.

Bon sang, le croyait-elle cruel au point de refuser de voir son frère ? Au lieu de paraître soulagée, elle pâlit encore un peu plus, et Matthieu sut qu'il y avait autre chose.

— Je n'ai rien à me mettre ! s'écria-t-elle.

Il haussa les sourcils. Depuis quand Maria se souciait-elle des apparences, des vêtements ?

— Et pas de chaussures non plus ! Celles que j'ai ne me vont plus parce que je… grossis. Partout. Et ne t'avise pas de me dire que j'ai un accès d'humeur à cause des hormones !

— Je n'ai rien d…

— Parce que de toute façon, oui, il y a les hormones ! Et ça me donne envie de manger des glaces. Tout le temps. C'est sûrement pour rétablir l'équilibre que les nausées matinales existent. Pourquoi je n'en ai pas, d'ailleurs ?

— Tu veux…

— Je n'ai aucune envie d'être malade, ne sois pas ridicule !

Elle s'était mise à crier, à présent. Matthieu ne savait pas trop s'il fallait rire ou pleurer, et il sentait que Maria était partagée entre les deux. Mais il était maintenant convaincu que sa grossesse n'expliquait pas tout et que s'il n'agissait pas cette conversation se terminerait mal.

Il gagna le congélateur, y prit ce qu'il cherchait, se munit d'une cuiller puis, s'installant devant l'îlot central de la cuisine stratégiquement placé entre lui et sa femme, il souleva le couvercle du pot de glace.

— Qu'est-ce que tu fais ?

— Je mange, dit-il, en savourant une grosse cuillerée de crème glacée.

— Là, maintenant ? Tu manges alors que je viens de…

— À partir de cet instant, dit-il en avalant une deuxième cuillerée de glace, je mangerai ce que tu mangeras.

Il continua de vider le pot, sous le regard ébahi de Maria. Il attendit d'être sûr d'avoir capté toute son attention avant de lancer :

— Alors comme ça, on va en Italie ?

— Sebastian nous invite à dîner chez lui, dans deux jours.

— Très bien, je ferai modifier mon emploi du temps. Tu es prête à prendre l'avion ?

— Oui ?

— Nous prendrons le jet, dit-il entre deux cuillerées de crème glacée.

— Tu… Ça ne te dérange pas ? demanda-t-elle timidement.

— Pas du tout ! Si tu consens à me dire de quoi il retourne.

Il faillit rire en la voyant fixer la cuiller qu'il portait de nouveau à sa bouche.

— Tu en veux ?

Elle serra les mâchoires et tenta de se maîtriser. Puis elle abdiqua, se rapprocha de lui et dit :

— Oui.

— Oui, tu y consens ou oui, tu en veux ?

— Les deux ! rétorqua-t-elle sans croiser son regard.

Maria soupira. Dès l'instant où Matthieu était rentré, elle n'avait plus maîtrisé ni ses paroles, ni les pensées affolées qui tourbillonnaient dans son esprit pour l'empêcher d'affronter la seule chose qu'elle ne voulait pas affronter…

Sans qu'il ne lui ait rien dit, elle comprit que Matthieu voulait savoir pourquoi elle était bouleversée à l'idée de la rencontre avec Sebastian. Sa dernière entrevue avec son frère remontait au mariage de Theo avec la princesse Sofia. Dans le bref laps de temps qui s'était écoulé entre le gala de charité à Iondorra et le mariage de Sofia et Theo, Maria avait pris conscience d'un certain nombre de choses. Certaines étaient rudes, difficiles à accepter. Et d'autres… lui donnaient une sensation de puissance. Sa détermination à se concentrer sur elle-même avait eu quelque chose de merveilleux, de libérateur. Jusqu'à la découverte de sa grossesse. Soudain, à l'idée de devoir affronter Sebastian, elle avait eu l'horrible sentiment d'avoir commis une trahison à son égard.

— Mon frère a toujours veillé sur moi. Il a été présent quand il est devenu évident que mon père ne le serait pas, soupira Maria, horrifiée par l'émotion qui lui nouait la gorge. Après la mort de ma mère, mon père a pour ainsi dire tout abdiqué. Pendant quelques années, il a continué à vivre tant bien que mal, épousant Valeria, allant d'échec en échec. Mais, à mesure que je grandissais, il a commencé à me regarder différemment. Ce n'était plus moi qu'il voyait, mais ma mère, dont je lui renvoyais l'image. Je savais qu'il en souffrait, que ça le ravageait. Nous en sommes venus à nous éviter, pour soulager sa souffrance.

Maria frissonna en se remémorant des moments de son enfance. Elle se cachait dans diverses pièces quand elle savait que son père était à la maison. Elle passait des heures à feuilleter les albums de photos de famille, obsédée par les portraits de la mère qu'elle n'avait pas connue. Chaque fois, Sebastian venait la chercher, l'emmenait au jardin, tentait de la distraire. Déjà, il la protégeait.

— Quand mon père a tout perdu dans un investissement désastreux, j'avais une dizaine d'années. Seb n'avait que dix-huit ans, et il a dû agir, sinon nous aurions fait banqueroute. Il a pris les rênes des affaires familiales, trouvé le moyen de sauver le peu qu'il restait. Il a fallu tout vendre. Notre maison, les propriétés, le mobilier et les peintures, les antiquités, et ça a tout juste suffi pour payer les millions que nous devions à cause de la stupidité et de la négligence de mon père. Le déshonneur nous a contraints à l'exil.

Maria avait entendu, au fil des ans, les disputes, les accusations amères, les larmes et les récriminations de Valeria, et son frère avait fait preuve d'une détermination implacable, jouant le rôle que son père était incapable de jouer : celui du protecteur, du chef de famille.

— Ce que Sebastian a accompli à l'âge de dix-huit ans était incroyable. Il nous a emmenés en Italie, a trouvé une école pour moi, s'est lancé dans l'hôtellerie en transformant la seule propriété qui nous restait encore en Europe, ce qui a assuré à Valeria et à mon père assez de revenus pour qu'ils puissent mener une existence pas trop éloignée de celle qu'ils avaient connue. Mais ils habitaient ailleurs, et il n'y avait que nous deux, à la maison : un garçon de dix-huit ans veillant sur une gamine de dix.

Et c'était aujourd'hui seulement, alors qu'elle attendait un enfant, que Maria prenait la réelle mesure du sacrifice de son frère. Elle savait qu'il avait renoncé à bien des choses pour elle. C'était à elle qu'il avait pensé en prenant ses décisions. Et Maria ne s'en était jamais sentie digne. Elle avait eu le sentiment, au contraire, d'être un fardeau pour lui, et ce sentiment ne l'avait jamais vraiment quittée.

— Donc, demanda Matthieu, ton père n'était pour ainsi dire jamais là ?

— Au début, il a essayé. C'est du moins ce que j'ai cru jusqu'à mon seizième anniversaire, expliqua Maria avec un frisson.

Elle détestait penser à ce jour-là, et en parler plus encore. En fait, elle n'avait jamais rien confié à personne.

— Sebastian avait tout arrangé pour l'occasion. Il devait rentrer de Rio où il avait négocié un contrat d'affaires, et pour une fois la famille serait réunie. Nous irions dans mon restaurant préféré à Sienne, près du Palazzo Pubblico, lorsque les touristes seraient tous retournés à leurs hôtels. Je voulais être belle… C'était mon seizième anniversaire, j'allais devenir une vraie femme, et ma famille serait là pour fêter ça. Pour une fois, c'était moi qui serais au centre de la soirée.

Des frissons avaient gagné Maria à cette évocation. Elle sourit presque en se remémorant son excitation, les longs moments qu'elle avait passés à se maquiller, la robe qu'elle avait choisie pour l'occasion – avec un col en V révélant le beau filigrane du collier d'argent de sa mère, une jupe ajustée à la taille et évasée sur les hanches. Elle s'était sentie… adulte.

— Que s'est-il passé ? demanda doucement Matthieu, certain que le récit se terminerait mal.

Maria lança un regard vers le ciel nocturne qui enveloppait le paisible lac, dont les couleurs évoquaient étrangement celui de Sienne en ce soir lointain.

— Sebastian m'avait envoyé une voiture avec chauffeur, qui m'a emmenée au restaurant où je devais retrouver tout le monde. Quand le chauffeur m'a ouvert la portière, j'ai eu l'impression d'être une star de cinéma, dit-elle en riant. Tout le monde contemplait la jolie fille qu'on escortait dans l'un des meilleurs restaurants de la ville. Quand j'ai vu que j'étais la première arrivée, je me suis dit que je saurais gérer ça. J'étais adulte, ce soir-là.

Elle avait dit cela avec le même air bravache qu'elle avait eu à ce moment-là. Malgré son coup au cœur, malgré sa peur soudaine, elle avait continué à sourire et même commandé une coupe de champagne. Parce que sa famille viendrait. Ils seraient là. Dans peu de temps.

— Les gens ont arrêté de me regarder mais, à mesure que le temps passait, ils ont recommencé à observer la jeune fille assise toute seule à une table pour quatre. Je n'avais pas vraiment d'amis, à l'école.

— Au bout d'une heure, il est arrivé, dit-elle avec son premier vrai sourire.

— Ton père ?

— Non.

— Sebastian ?

— Pas du tout. Theo Tersi. Il a expliqué qu'il était l'ami de Sebastian, que le vol de mon frère avait été retardé à cause du mauvais temps, et que ce dernier lui avait demandé de venir m'avertir, car il se trouvait dans les parages et avait rendez-vous avec un négociant en vins local. Theo a sûrement compris tout de suite que mon père ne viendrait pas, mais il n'a rien dit. Il a affolé tous les serveurs en demandant les plats les plus chers et les plus raffinés pour mon anniversaire.

Maria avait les larmes aux yeux en évoquant la bonté que Theo lui avait manifestée ce soir-là. Elle ne l'avait jamais oubliée, et elle avait exercé une grande influence sur sa vie, par la suite.

— En arrivant chez nous, Theo a garé sa voiture près de celle de Sebastian, et je me suis précipitée à l'intérieur, toute contente de savoir mon frère de retour. Je l'ai entendu parler au téléphone avec mon père.

Elle s'était approchée sur la pointe des pieds du bureau où se trouvait Sebastian, la lumière de la pièce éclairant faiblement le couloir, par la porte ouverte.

« Comment ça, tu étais occupé ? C'est l'anniversaire de ta fille, bon sang ! Je me fiche de tes excuses. En voilà assez. Que ça ne se renouvelle jamais, tu m'entends ? Sinon, j'arrêterai d'assurer ton train de vie et celui de Valeria. Je couperai les ponts. Compris ? »

— Mon père était à mon anniversaire, l'année d'après, mais pas par envie. Parce que mon frère avait menacé de lui couper les vivres. Après ça… Je n'ai plus vraiment aimé fêter mon anniversaire.

Ce qu'elle ne pouvait pas dire à Matthieu, ce qu'elle arrivait tout juste à s'avouer, était qu'elle avait vécu ce seizième anniversaire comme un rejet – d'elle-même, de sa personne, de la femme qu'elle était en train de devenir. Et elle n'avait jamais voulu s'exposer de nouveau de cette manière.

Un silence s'installa entre eux, empli de chagrin, de souffrance et de compassion – le regard de Matthieu en était empreint, et cela faisait aussi mal que les souvenirs de ce soir-là.

— Je regrette que les deux personnes qui comptaient le plus pour toi n'aient pas pu être là à cette occasion, dit-il enfin.

— Après ça, Sebastian s'est montré extrêmement présent. Il a endossé le rôle paternel que notre père était incapable de tenir. Il a veillé sur moi, pourvu à mon éducation, financé mes voyages, tout ce que je pouvais désirer. D'une certaine façon, il a cessé d'être mon frère. Et tout ce qu'il m'a donné, offert, j'avais le sentiment qu'il le faisait par devoir, davantage pour contrarier mon père que pour me venir en aide. Alors, j'ai voulu être moi-même, être indépendante… Je n'aurais jamais pu rendre tout ça à mon frère, mais lui prouver que j'étais digne de ses efforts, que je n'étais pas une ratée !

— C'est comme ça que tu te considères ?

— Me marier juste parce que je suis enceinte, ce n'est pas très…

Maria s'interrompit, puis reprit avec un sourire triste :

— Je voulais ne pas dépendre de lui, ne pas avoir

à me reposer sur lui pour nous permettre de redevenir frère et sœur.

Pour qu'il m'aime parce qu'il est libre de le faire, et non parce qu'il le doit.

En regardant son mari droit dans les yeux, elle se demanda si elle pensait toujours à son frère en se disant ces mots.

— Maria, dit Matthieu en lui prenant la main, je ne peux pas te promettre que je serai toujours là…

— Tu transformes en promesse un cas de force majeure ?

Il lâcha un rire soudain et joyeux, allégeant l'atmosphère et la faisant sourire.

— Depuis quand ma femme est-elle experte en droit ?

— Mon frère dirige une entreprise internationale. Lorsque des événements imprévisibles empêchent le respect d'un contrat, il appelle ça une cause de non-responsabilité.

— Va pour « non-responsabilité », dit Matthieu ! Cas de force majeure mis à part, je ferai tout ce qui est en mon pouvoir pour que tu n'aies plus jamais à ressentir de telles choses.

En prononçant ces mots avec une conviction affirmée, Matthieu était bouleversé par la souffrance qu'il lisait dans le regard de Maria. Si ses parents lui avaient été enlevés à un très jeune âge, il n'avait jamais, en revanche, douté de leur amour. Alors que Maria, elle, n'était pas sûre de l'affection des deux personnes qui auraient dû l'aimer le plus. Il espéra, contre tout espoir, qu'il pourrait tenir la promesse qu'il venait de lui faire.

Il comprenait son besoin d'indépendance, cette force qui l'avait tout de suite impressionné, et admirait son désintéressement. Il voyait bien qu'elle détestait être dépendante de lui, maintenant.

— Maria, ce qui est à moi est à toi. Je le pensais le jour où je t'ai dit « oui », et cela reste vrai. Quoi qu'il advienne. Cela ne diminue en rien ce que tu es et ce que tu as accompli. J'aimerais pouvoir croire que c'est pour toi un atout supplémentaire, sans plus.

Elle émit un long soupir qu'il n'était pas sûr de savoir interpréter. Jusqu'au moment où elle plissa les yeux, une lueur malicieuse dans le regard.

— Vas-tu tenir ta promesse, maintenant ?

Matthieu ne retint pas le sourire qui lui venait aux lèvres, ne refoula pas la sensation qui lui réchauffait soudain le cœur. Ce n'était pas seulement du désir charnel, cela ressemblait au bonheur. Et, s'il suffisait de se détendre un peu pour éprouver cela, alors il ne voulait pas en rester là ! Il voulait savoir ce qu'était la vie quand elle se déroulait non pas à l'ombre de son chagrin, mais dans la lumineuse présence de Maria.

9.

En sortant de la voiture qui était venue la chercher, ainsi que Matthieu, dans le petit aérodrome privé des abords de Sienne, Maria se raccrocha aux paroles que son mari avait prononcées deux jours plus tôt. À sa promesse d'être toujours là pour elle. *Quoi qu'il advienne.*

Elle n'avait pas la naïveté de croire que son père serait là, elle n'était même pas sûre qu'il la savait enceinte et mariée. Et elle ne voulait pas se soucier de ça. Il y avait longtemps qu'elle avait renoncé à se préoccuper de ses sentiments envers elle. Pour ce qui était de Sebastian, en revanche… Son frère lui avait tant donné qu'elle voulait qu'il soit fier d'elle.

Elle retint contre elle la soie de la belle robe que Matthieu lui avait offerte la veille alors que la brise soufflait autour d'elle, dissipant sa nervosité et apaisant le bébé qui bougeait dans son ventre.

— Ça va ? demanda Matthieu, contournant la voiture pour la rejoindre.

— Je crois que notre bébé est impatient de connaître son oncle ! Et toi, ça va ? ajouta-t-elle, car elle l'avait vu songeur pendant le voyage.

— Pourquoi irais-je mal ? fit Matthieu d'un air dérouté.

— Sebastian est parfois trop protecteur.

— J'ai signé des contrats de plusieurs milliards de dollars avec les P-DG les plus coriaces de la planète. Ton frère ne posera aucun problème.

— Puisque tu le dis ! lança Maria, un peu sceptique.

Peut-être s'était-elle méprise, après tout, sur la raison de l'air sombre et méditatif de Matthieu.

Le portail d'entrée s'ouvrit, et Sebastian apparut sous le porche à colonnades de la demeure. C'était la propriété chérie de son frère. La première achetée après avoir consolidé les finances des Rohan de Luen. Elle était belle, dénuée du caractère pompeux de ce qu'ils avaient possédé en Espagne, mais vaste et nichée au milieu d'un domaine de dix hectares comprenant d'anciennes vignes que Theo rêvait d'exploiter depuis toujours.

Sebastian avait résisté à tous ses appels du pied. Il aimait le caractère sauvage de la vigne à l'abandon, qui avait gagné du terrain vers le bois où elle se répandait en toute liberté. Maria aimait à penser qu'il la gardait ainsi parce qu'elle lui avait inspiré l'une de ses toutes premières pièces de joaillerie.

Inconsciemment, elle quêta la main de Matthieu et réalisa soudain à quel point il était important pour elle que Sebastian apprécie son mari. Non pas le bel inconnu qu'elle avait rencontré, mais l'homme qu'elle avait découvert, l'homme qu'il pourrait être un jour, elle le sentait. Elle ne put s'empêcher de railler, intérieurement, les mots fades auxquels elle avait recours pour décrire les émotions complexes qu'elle commençait à nourrir envers Matthieu.

Elle n'eut pas le temps de s'appesantir sur cette idée, car ils étaient déjà face à Sebastian, dont le regard s'était porté sur le ventre à présent bien rond de Maria avec une sorte… d'émerveillement. Et il ne put pas refouler un sourire.

Déjà, il l'enveloppait dans une étreinte si puissante qu'elle eut un peu l'impression d'être arrivée au port. Quand il l'en délivra, il dévisagea Matthieu, et Maria fut surprise de voir que celui-ci le laissait faire, acceptant cet examen. Au bout d'un moment, comme s'il estimait avoir accordé son dû à son frère, Matthieu tendit la main et se présenta. Après une brève hésitation, Sebastian accepta cette main tendue.

— Venez, dit-il sans plus de cérémonie. Les autres sont déjà là.

— Les autres ? lui souffla Maria en tâchant de ne pas être entendue par Matthieu, qui avait l'ouïe fine.

— Theo et Sofia.

— Tu as appelé du renfort ?

— Pourquoi aurais-je besoin de renfort ? rétorqua-t-il.

Matthieu avait remarqué, bien sûr, que Sebastian avait placé Maria hors de sa portée. « Diviser pour régner » était la stratégie à suivre quand on faisait connaissance avec le mari de sa sœur, supposa-t-il. Il n'avait pas de sœur, mais, s'il en avait eu une, il aimait à croire qu'il se serait montré aussi férocement protecteur que Sebastian. Si déplaisante qu'elle fût, son attitude lui inspirait pourtant du respect. Ce qui ne l'obligeait en rien à baisser sa garde face aux coups que Sebastian pourrait lui porter… S'il était assez fou pour le croire vulnérable !

Tandis qu'il suivait Maria et son frère dans un couloir carrelé de tommettes, Matthieu s'efforça de chasser les souvenirs de son cauchemar de la nuit précédente. Il avait tenté de l'ignorer, mais le rêve s'était enraciné en lui, le plongeant dans un quasi-silence pendant le voyage jusqu'à Sienne. Il avait l'impression qu'il révélait peut-être ses sentiments pour sa femme.

Après avoir tourné à l'angle du couloir, ils pénétrèrent dans une vaste et belle pièce à vivre, et Matthieu revint enfin au présent. Les couleurs douces, crème et orangé, lui parurent étonnamment apaisantes, lui qui était habitué à un univers en noir et blanc. Il vit d'emblée le couple qui se trouvait là en train de converser. Le grand homme brun devait être Theo Tersi, et la femme, Sofia, princesse régnante de Iondorra.

L'espace d'un éclair, Theo lui lança un regard si farouche que Matthieu fut impressionné. Jusqu'à ce que la princesse, ayant aperçu Maria, pousse des cris de joie et rompe la tension ambiante.

— Maria, tu es superbe ! s'écria-t-elle, se levant de son siège pour l'envelopper de ses bras en prenant garde à ne pas la serrer de trop près à cause du bébé. Je peux ?

Et, laissant à peine à Maria le temps de réagir, elle lui enveloppa le ventre de ses mains.

— Tu es littéralement rayonnante ! Oh ! pardon, continua-t-elle, c'est banal de dire ça, mais tellement vrai !

Maria rit, les hommes levèrent les yeux au ciel, et la princesse s'esclaffa de plus belle.

— Matthieu, dit Maria, je te présente la princesse Sofia de Loria d…

— Je t'en prie. Pas de titres, ici. Nous sommes en famille.

La ravissante petite femme blonde tourna vers Matthieu son regard bleu-vert. Matthieu, qui avait rencontré bien des personnes de sang royal, ne tint pas compte de cette injonction et la salua cérémonieusement.

— Votre Altesse.

— Soit ! dit celle-ci avec un soupir rieur. Mais à partir de maintenant ce sera Sofia. Maria, si nous laissions les hommes entre eux un moment ? Ensuite, nous dînerons.

Là-dessus, elle entraîna hors de la pièce Maria, qui jeta des coups d'œil inquiets en direction du trio.

Les trois hommes suivirent du regard leurs silhouettes qui s'éloignaient, puis se dévisagèrent. Résolu à en finir, Matthieu fit signe à ses hôtes de poursuivre. Sebastian se contenta de hausser les sourcils, Theo émit un soupir.

— Eh bien, Montcour…

— Il est peut-être un peu tard pour me sonder sur mes intentions, coupa Matthieu.

— Et moi qui allais vous proposer un verre ! Mais peu importe, dit Sebastian avec un haussement d'épaules, autant aller droit au but. Votre réputation, quoique discrète, est haute en couleur.

— Et la vôtre, quoique notoirement scandaleuse, est peut-être un peu trop prévisible, rétorqua Matthieu, qui avait « travaillé son sujet » avant de venir.

— Prévisible ? répéta Sebastian, outré.

Theo eut l'air de penser qu'il y avait du vrai dans ce que disait Matthieu. Sebastian dut s'en apercevoir, car il lança :

— Je ne vois pas pourquoi tu prends un air si satisfait !

Theo se contenta d'un grand sourire à son ami.

— Nous pouvons tous admettre que nos actions passées ont peu d'incidence sur le présent, observa Matthieu.

— Au contraire ! Vous avez épousé ma sœur !

— Oui.

— Et elle est enceinte !

— Oui, répéta Matthieu. Ce sont là des faits indéniables.

Sebastian le fusilla du regard.

— Il y a eu un accord prénuptial, j'imagine, vu la rapidité du mariage qui a empêché la famille et les amis de Maria d'y assister.

— C'était la décision de Maria, répondit Matthieu, refoulant un sentiment de culpabilité et refusant de laisser Sebastian lui faire la morale.

— L'accord prénuptial ou les invités ?

Matthieu biaisa, contournant la question.

— Maria a droit à tout ce que je possède.

— Tout ? insista Theo.

— Oui, toute ma fortune, si elle le veut.

Même Sebastian parut impressionné.

— Cela a été couché par écrit ?

— Chez mes avoués.

Sebastian lança un coup d'œil à Theo, qui haussa les épaules.

— Ce n'est pas une affaire d'argent, pour Maria.

— Oui, je m'en rends compte, approuva Matthieu.

— Elle n'a pas eu une enfance facile, dit Sebastian avec

effort. J'ai essayé de lui donner ce que son… notre père était incapable de lui apporter. Écoutez, Montcour, elle est la seule chose à laquelle je tienne vraiment, en ce bas monde. Si vous lui faites du mal, je vous jure…

— Vous aurez le droit de vous venger comme bon vous semblera, coupa Matthieu, sincère.

Sebastian le considéra en plissant les yeux, comme s'il se demandait à quoi il jouait.

— Je suis sérieux, vous savez.

— Maria peut sembler indépendante et pleine de caractère, mais il y a une fragilité en elle. Vous n'êtes pas d'accord ? dit Sebastian, voyant que Matthieu fronçait les sourcils.

— Quand je pense à Maria, ce n'est pas le mot fragilité qui me vient à l'esprit. Au contraire, je vois de la force en elle. De la détermination. Elle est farouche quand on la défie, toujours prête à rire et généreuse. Elle est vraiment à part, et elle fait honneur au nom des Rohan de Luen.

— Ne croyez pas m'amadouer avec des compliments, Montcour.

— Je n'en ai ni l'intention ni l'envie. Sans vouloir vous offenser, vous ne représentez pas grand-chose pour moi. Tout ce qui compte, c'est Maria. De toute évidence, elle désire que nous nous entendions tous les deux – tous les trois, rectifia Matthieu, conscient de l'importance de Theo dans le paysage familial. Nous pourrons certainement nous montrer courtois les uns envers les autres.

— Il n'y aura rien de courtois chez moi si vous lui brisez le cœur, l'avertit Sebastian.

— Je le comprends et je le respecte. Je n'en attends pas moins de vous, étant donné que vous êtes son frère.

Un coup léger à la porte interrompit la conversation, et Sofia apparut sur le seuil.

— Le dîner aura lieu dans une vingtaine de minutes. Vous pouvez rejoindre Maria dans la chambre du deuxième étage, troisième porte à gauche, Matthieu. Je crois que vous avez tous assez parlé pour le moment. Sinon, vous pourrez sans doute reprendre cette conversation après le dessert ?

Matthieu ne put s'empêcher de sourire à ce petit discours émis d'une voix suave et, ayant lancé un ultime regard à Sebastian et Theo, il partit en quête de Maria.

Maria était dans la chambre qu'elle occupait lorsqu'elle venait en visite chez Sebastian. Son dernier séjour remontait à près d'un an, pour fêter l'obtention de son diplôme, et cela semblait si loin ! Il s'était passé tant de choses depuis ! pensa-t-elle, posant la main sur son ventre où grandissait son bébé. *Leur* bébé.

La pièce était vaste, chaleureuse et pleine de douceur. Or, bizarrement, Maria se surprenait à la comparer à l'austère mais belle propriété du lac Lucerne. Elle avait vécu dans plusieurs endroits au fil des ans, toujours réticente à voir en eux « sa maison » après leur exil d'Espagne. Pourtant, c'était ainsi qu'elle commençait à considérer la propriété de Matthieu. Comme *son foyer*.

Près du mur le plus éloigné étaient rangées les caisses qu'elle avait expédiées ici avant d'épouser Matthieu. Elle avait hâte de passer en revue son matériel de joaillerie, et en même temps, elle hésitait.

Alors qu'elle se décidait à traverser la pièce, on frappa à la porte. Elle invita Matthieu à entrer. D'instinct, elle savait que c'était lui.

— Salut, fit-il en s'engageant dans la pièce, son regard englobant les lieux avant de se poser sur elle.

— Donc, vous n'en êtes pas venus aux poings ? demanda-t-elle, redoutant un peu la réponse.

— Pourquoi en serions-nous arrivés là ? Je peux me montrer tout à fait charmant, tu sais.

— Je ne m'inquiétais pas pour toi.

— Ils sont tous les deux parfaitement intacts, je t'assure.

Maria ne put s'empêcher de sourire. Les yeux de

Matthieu s'étant portés vers les caisses alignées contre le mur opposé, elle se tourna de nouveau vers elles. Elles contenaient toute sa vie londonienne.

— Qu'y a-t-il dans ces caisses ? s'enquit Matthieu.

— Mon matériel et mes fournitures.

— Tu les as envoyés ici ? Pourquoi ?

Maria s'approcha d'une boîte, dont l'adhésif s'était décollé en partie, regarda à l'intérieur, puis, le sourire aux lèvres, ne résista pas à l'envie d'y glisser la main pour en retirer une bobine de fil d'argent. En la caressant du bout des doigts, elle eut l'impression de retrouver une vieille amie. En cet instant seulement, elle réalisa à quel point elle regrettait l'époque de l'atelier de Bermondsey, le petit espace qu'elle y avait loué, la présence des créateurs qui, réunis autour d'elle, concrétisaient les rêves issus de leur imagination.

— Je ne voulais pas avoir l'air de m'installer chez toi, de m'imposer, prétendit-elle, consciente de ne pas être très crédible.

Elle sentit que Matthieu se rapprochait d'elle, l'enveloppait de sa chaleur, dissipait le froid qui l'avait soudain saisie. Elle prit le petit coffre où elle avait mis à l'abri les bijoux qu'elle avait terminés peu après son retour à Londres – après s'être rendue en Suisse pour annoncer à Matthieu qu'elle attendait son enfant.

Elle l'ouvrit, sortit une des pièces du sac en plastique transparent et déplia le papier de soie qui la protégeait. C'était une bague, le premier bijou qu'elle avait confectionné pour elle-même, peu après la découverte de sa grossesse.

— C'est beau, dit Matthieu, presque avec révérence.

— Merci.

Elle était fière de ce travail. Une petite perle était sertie dans des volutes d'or battu, qui s'enroulaient autour d'elle telle une vague. Maria avait toujours été fascinée par les perles, par l'accumulation de fines couches de carbonate de calcium autour d'une particule au départ irritante pour le mollusque qui créait cette merveille de la nature. La perle, pas assez parfaite pour être classée au rang de joyau, n'en était pas moins précieuse à ses yeux.

— Ça te manque ? s'enquit Matthieu.

Elle livra une réponse honnête.

— Oui et non. En rentrant de Iondorra, après… Theo et Sofia, et après toi… j'étais décidée à devenir une autre, dit-elle non sans ironie. Je voulais me débarrasser des fantasmes enfantins derrière lesquels je m'étais cachée pendant des années. Cette nuit-là a beaucoup compté pour moi. J'ai compris beaucoup de choses. Que je m'étais abritée derrière mon attirance pour un homme fantasmé, alors que toi, l'homme réel, tu étais tellement… bouleversant. Que j'avais laissé mon frère me protéger des réalités de la vie. C'était bien, mais il me semblait que cela m'avait aussi privée d'autres expériences. Avant de découvrir que j'étais enceinte, je m'étais lancée dans la réalisation d'une série de commandes, suscitées pour la plupart par ma première exposition de bijoux. Je voulais à tout prix que mon travail me permette d'être indépendante de Sebastian. De tout le monde, en fait.

Maria marqua un arrêt, songeuse. La pause qu'elle s'était imposée avait, d'une certaine façon, réveillé et nourri sa créativité en sommeil ces derniers mois. Alors qu'elle s'était en partie tarie depuis les travaux sur commande.

— Avec le recul, je vois que je mettais la charrue avant les bœufs. J'étais enchantée que les gens veuillent mes créations, mais, en honorant leurs commandes, j'avais sacrifié une partie de moi. Je courais le risque d'obtenir le contraire de ce que j'avais toujours voulu.

— Et c'était quoi ?

— Avoir le temps et l'argent nécessaires à la fabrication des bijoux auxquels je tenais réellement. Si les gens avaient envie de les acheter, tant mieux. Mais je ne voulais pas perdre l'amour du métier, détruire la seule chose qui m'avait procuré tant de plaisir et d'évasion dans mon enfance.

— D'évasion ?

— Cela paraît bizarre mais, quand j'étais petite, je restais perdue dans mon imagination pendant des heures, à concevoir des bijoux, à essayer d'imaginer comment les fabriquer…

— Tu te sentais seule ?

— Peut-être un peu. Sebastian était contraint à travailler pendant de longues heures pour nous sauver de la ruine. Mon père et Valeria étaient rarement là… ailleurs en Italie, ou accrochés à un style de vie dont ils n'avaient plus les moyens. Moi, j'étais confrontée à une nouvelle école, une nouvelle langue, ce qui ne favorise pas vraiment les amitiés durables.

Matthieu parut se pénétrer de tout ce qu'elle venait de dire. Puis il reporta son attention sur la bague.

— Je peux ?

Elle la plaça doucement au creux de sa main tendue.

— Donc, les commandes mises à part, c'est ça que tu aimes créer ?

— Oui, dit-elle avec un sourire.

— Il y a de la place pour un atelier, à Lucerne, si tu…

— Non, coupa Maria. C'est gentil de le proposer, mais je préfère être entourée de gens quand je travaille. Il y a quelque chose d'étrange et de merveilleux à la fois dans le fait d'être dans son propre monde et tout de même entourée par les autres. On se sent…

— Moins seule ?

Matthieu jura en son for intérieur. Il ne pouvait pas s'empêcher d'avoir le sentiment qu'il avait retiré du monde et caché à tous cette femme belle et intelligente. Il l'avait emmenée dans son repaire et la tenait enfermée, loin de ce dont elle avait le plus besoin.

Il maudit le cauchemar qui avait libéré des souvenirs enfouis depuis des années. Car il ne connaissait que trop bien la solitude dont peut souffrir un enfant. Il avait passé tant de jours, de semaines, de mois dans une chambre d'hôpital, veillé par les infirmières et visité par Malcolm. Mais, quand il était seul, le silence s'emparait de lui et devenait assourdissant. Un silence qui avait perduré dans sa vie jusqu'à… Jusqu'à Maria.

Matthieu réprima un nouveau juron. Maria parlait de son besoin de compagnie, d'être entourée de gens et de vie, et même alors il n'avait qu'une envie : la ramener à Lucerne, la mettre à l'abri, la cacher dans un monde où elle ne connaîtrait que lui. C'était comme si le fauve qui rôdait en lui s'était à nouveau réveillé et rugissait : « Elle est à moi ! » Comme si son cœur l'avait reconnue pour sienne, seulement sienne, au mépris du reste du monde !

C'était là ce qui lui faisait peur. Car il s'était acharné, pendant des années, à n'être jamais lié à personne de cette manière. Et maintenant qu'il l'était…

Il regarda Maria qui, songeuse, caressait le fil d'argent, et il rouvrit sa main pour contempler la bague enfermée au creux de sa paume.

— Il n'y a pas d'obligation à continuer ainsi, dit-il, sans trop savoir s'il parlait de la solitude de Maria ou de son propre passé.

— Je n'ai pas l'impression que ce que j'ai dit reste vrai, observa-t-elle, une main sur son ventre.

Il y avait dans ses yeux brillants quelque chose d'authentique, qui lui donnait de l'assurance. Cette femme bouleversait toutes ses certitudes. Elle déconcertait ses instincts naturels qui le poussaient à battre en retraite, se retirer du monde au moment même où il commençait à espérer. À espérer autre chose que le *black-out* qu'il avait imposé à son cœur la nuit de l'incendie.

— Tu peux rester si tu veux, Maria, dit Sebastian en la serrant dans ses bras pour lui dire au revoir.

Elle sourit, heureuse du réconfort que lui apportait son frère.

Le repas avait été délicieux, la conversation un peu laborieuse, entretenue surtout par Sofia et Maria. Mais, bientôt, son mari et son frère s'étaient détendus. Maria, qui avait tant redouté une confrontation, avait trouvé ça merveilleux. Elle avait été très reconnaissante à Sofia, qui avait tiré un trait sur son faux pas lors du gala à Iondorra. Et maintenant, en regardant Theo, Maria s'étonnait de s'être si profondément trompée sur leur relation, sur les sentiments qu'elle nourrissait pour lui. Elle était joyeuse de voir que Sofia et Theo avaient trouvé le bonheur… Le genre de bonheur qu'elle avait rencontré avec Matthieu, peut-être ? Elle ne pouvait pas s'empêcher d'envisager un avenir où elle et son mari veilleraient sur un bel enfant aux boucles brunes et aux magnifiques yeux vert et miel, l'entoureraient d'amour et de bonheur. Un avenir ensoleillé dont la pensée l'inondait de joie.

— Tout va bien, je vais bien, Seb, je t'assure, dit-elle à son frère.

Et c'était ce qu'elle ressentait. D'une certaine façon, en se confiant à Matthieu, elle avait rétabli une connexion en son for intérieur.

Elle voulait lui rendre ce qu'il lui donnait en l'accompagnant ici, en voyant son frère, en se tenant à ses côtés. Elle s'étonna d'accepter la sécurité matérielle qu'il lui assurait alors que tout en elle s'était cabré en la recevant de son frère.

La confiance. Voilà ce qu'elle sentait éclore en elle. Elle commençait à avoir confiance en Matthieu. Sûre qu'il serait là pour elle et son enfant. Et cela l'envahissait peu à peu, lui insufflait… de l'excitation, de l'espoir en l'avenir.

Sebastian la délivra de son étreinte, jetant un coup d'œil du côté de Matthieu, qui veillait à ce qu'on emporte tout le matériel sur le jet privé qui les ramènerait en Suisse.

— Ma chérie, lui dit-il avec un soupir, je suis content

pour toi. Et pour ce petit bout de chou. Je suppose que Montcour n'est pas si mal. Mais je sais les épreuves qu'il a traversées, le fardeau qu'il porte... Il faudrait être aveugle pour ne pas voir qu'il a verrouillé son cœur. Je crains que même pour toi il soit impénétrable.

— Nous avons tous un passé, Sebastian.

— Peut-être, mais je veux que tu fasses attention.

Alors que Maria et Matthieu filaient vers le petit aérodrome privé, la jeune femme remisa dans un coin de son esprit la mise en garde de son frère. Car, pour la première fois depuis une éternité, elle avait envie de garder en elle le sentiment qui y avait éclos, de s'y réchauffer, de s'en nourrir. Et qu'il nourrisse son enfant. Car ce sentiment, réalisa-t-elle, c'était *l'amour.*

10.

Matthieu se réveilla en sursaut, la bouche ouverte en un cri silencieux. Il était baigné de sueur – cette sueur glacée provoquée par une terreur nocturne. Celle qu'il avait éprouvée par trois fois déjà au cours des semaines consécutives à son retour de Sienne.

Le cœur battant à grands coups, le corps frissonnant, il se tourna vers Maria, allongée à côté de lui, et fut au moins soulagé de voir qu'elle ne s'était pas réveillée. Il passa une main sur son visage comme pour tenter d'effacer le souvenir de son cauchemar obsédant. Il voyait son père, le regard qu'il lui lançait depuis la fenêtre de leur maison léchée par les flammes ; les crépitements, les sifflements stridents de l'incendie qui dévorait tout avec rage lui emplissaient les oreilles.

Aujourd'hui encore, il en avait l'estomac noué, car Maria s'était immiscée dans ce rêve. Il l'avait aperçue derrière son père, caressant son ventre lourd, apparemment inconsciente du danger. Elle avait tourné les yeux vers lui avec confiance, avec une acceptation totale, comme si elle croyait que lui, Matthieu, qu'elle découvrait sous les traits d'un garçon de onze ans, pourrait la sauver.

Dans le rêve, il avait hurlé jusqu'à en avoir la gorge endolorie. Une fois réveillé, il jeta un dernier regard sur sa femme endormie, puis se leva.

Même la douche ne parvint pas à dissiper les images qui avaient hanté ses nuits, et parfois même ses jours, dans les moments de faiblesse qu'il en était venu à détester autant que ses souvenirs. Il y avait quinze ans qu'il n'avait pas fait ces cauchemars. Depuis qu'il avait édifié ses défenses pour s'en protéger.

Et voici qu'ils étaient de retour. À cause de Maria. À cause de sa femme.

Alors qu'il était sur le point de devenir père lui-même, il comprenait pour la première fois son propre père. Il comprenait que celui-ci soit retourné chercher sa femme cette nuit-là, dans le brasier. Il saisissait la nature du lien qui avait uni ses parents, le même que celui qui l'unissait aujourd'hui à Maria.

Matthieu se plia en deux sous la douche comme s'il avait reçu un coup brutal au bas-ventre. Il avait mal partout, envie de crier. Une nausée lui souleva le cœur, et il tenta en vain d'inspirer sous le jet ruisselant. Il n'avait pas eu de crise de depuis des années et, s'il savait ce qu'il fallait faire, il était impuissant contre la panique qui venait de s'abattre sur lui.

Combien de temps resta-t-il ainsi, recroquevillé au sol ? Il n'aurait su le dire, mais finalement, les muscles endoloris, il ferma le robinet, puis se sécha. Ensuite, plutôt que de retourner au lit, *leur* lit, il se rendit dans la salle de sport alors que son instinct lui criait de rejoindre Maria. Ayant mis en marche le tapis de course, il se fit un devoir de s'épuiser encore plus, dans l'espoir de sombrer enfin dans un sommeil sans rêves.

Maria allongea le bras et plissa le front en réalisant que la place de son mari était vide. Elle avait tenté d'interroger Matthieu, la première fois que ça s'était produit, mais il avait fait peu de cas de son inquiétude, assuré qu'il allait bien. La fois suivante, il avait prétexté un coup de fil à passer vers minuit. Les autres raisons, à vrai dire, elle les avait oubliées.

Elle se rendait compte que Matthieu s'éloignait. Presque imperceptiblement, il lui échappait, alors que son amour pour lui renforçait le lien qui la rattachait à lui. Elle préférait faire semblant de croire à ses prétextes et se concentrait sur la mise en œuvre de l'idée qui lui était venue à Sienne.

Elle avait trouvé un atelier à Lucerne, pas trop loin de leur maison, et dès que Matthieu était parti au travail, elle quittait elle aussi la propriété. Elle échangeait un sourire complice avec le chauffeur, qui lui avait juré de garder le secret, et passait le trajet à imaginer la joie et la surprise de Matthieu lorsqu'elle lui présenterait son cadeau. Elle était si sûre qu'il serait heureux de ce qu'elle aurait créé pour lui !

Plusieurs jours auparavant, elle s'était faufilée dans sa chambre de maître et y avait pris le coffret dissimulé dans un tiroir du meuble d'appoint. La boîte très endommagée par le feu contenait une chevalière en argent, noircie et partiellement fondue. Maria avait eu le cœur serré à la pensée du petit garçon qui avait tout perdu sauf cela. Elle avait eu de la peine pour l'homme adulte qui la cachait comme un trésor précieux. Parce que Matthieu avait été heureux pour elle qu'elle puisse porter le collier de sa mère, elle s'était sentie bien inspirée de vouloir lui rendre hommage à son tour. Elle avait pris la bague, l'avait enveloppée avec soin. Elle éprouvait le besoin lancinant, depuis Sienne, de donner à Matthieu quelque chose de son passé qui le réconforterait en permanence. Dès qu'elle avait vu la bague, elle avait su comment la restaurer, comment magnifier ce symbole du passé. Elle utiliserait l'argent de l'anneau pour créer une nouvelle pièce qui accompagnerait Matthieu à l'avenir.

Elle avait dessiné pendant de longues heures, évalué avec soin la quantité de métal nécessaire pour le bracelet qu'elle désirait lui offrir, déterminé la composition de l'ensemble afin de préserver l'argent de l'anneau originel tout en réunissant les deux représentations, le passé et le présent. Elle mettait dans son travail tout son amour pour Matthieu et leur enfant à naître. Car, même si elle cherchait à se le cacher, tout au fond d'elle-même, elle savait que le temps lui était compté. *Leur* était compté.

Elle avait trouvé en Georges Sennate, le propriétaire du petit atelier, une âme sœur. Bien qu'approchant les soixante-dix ans, il avait les yeux pétillants d'un adolescent et partageait son enthousiasme créatif. Il l'avait émue en lui offrant de lui transmettre ses idées et son savoir, car il travaillait lui-même le métal avec grand art, et elle se réjouissait de pouvoir lui confier une partie importante du processus : la fonte. Elle ne pouvait pas s'en charger, soucieuse de préserver son bébé des émanations.

Elle regarda Georges penché sur sa forge, versant l'argent dans les moules sous un vaste aérateur. Le métal en fusion brillait dans l'obscurité, paraissait vivant. Quand il se solidifierait, elle se mettrait à l'ouvrage, souderait sans danger avec un masque protecteur. Et ses doigts avaient hâte de façonner le bijou qu'elle présenterait à Matthieu dans quatre jours, lors d'un dîner.

Elle lui avait dit que ce serait une occasion spéciale. Mais elle lui avait caché que c'était son anniversaire. Cette fête devait être un renouveau, marquer un nouveau départ, avec Matthieu.

Assis dans le fauteuil en cuir de son bureau de Zurich, Matthieu comptait de façon presque obsessionnelle les minutes écoulées depuis l'heure où il aurait dû rejoindre Maria au restaurant. Mais il n'arrivait pas à bouger. Au cours des derniers jours, la simplicité avec laquelle elle avait accepté son absence était devenue plus difficile à vivre. La bête fauve qui était en lui avait envie de montrer les dents, de se déchaîner, et même si Maria n'avait rien à craindre de lui, le fait qu'elle acceptait sa conduite ne faisait qu'accroître sa fureur. Il se sentait au bord de l'implosion.

Le manque de sommeil, les cauchemars, l'attitude de sa femme, c'était trop dur à supporter.

Ces derniers jours, son cauchemar s'était fait encore plus terrifiant. Il n'était plus le petit garçon regardant son père à la fenêtre. Il était lui-même le père, partagé entre sa femme et son enfant. Parfois, il allait vers son enfant, et parfois vers Maria… Mais, chaque fois, cela lui déchirait le cœur, car il ne parvenait qu'à sauver l'un en sacrifiant l'autre.

Le regard braqué sur l'horloge, conscient du chagrin qu'il causerait à Maria, il n'arrivait pourtant pas à se mettre en mouvement. D'instinct, il savait qu'en ne la rejoignant pas ce soir, il la blesserait si profondément qu'elle serait contrainte de partir. Il se faisait horreur, mais n'avait pas d'autre option pour préserver sa santé mentale et, par-dessus tout, Maria. Il ne pouvait pas se lier à elle sans détruire ce qu'il aimait en elle.

Dans le restaurant de Lucerne, Maria se tenait droite, tête haute. Elle percevait les regards, les coups d'œil lancés dans sa direction. Elle sentait la curiosité des autres dîneurs.

Le serveur l'aborda pour lui demander s'il pouvait lui apporter quelque chose, et elle sourit, émit un « non » presque inaudible. Attentive à dompter le tremblement de ses doigts, elle but un peu d'eau. Elle avait la gorge nouée.

En reposant son verre sur la table, elle fixa le petit écrin noir qu'elle avait placé sur l'assiette face à elle. Pour que ce soit la première chose qu'apercevrait Matthieu. Elle avait eu envie de voir sa curiosité se muer en plaisir et, peut-être, en reconnaissance…

Mais, comme Matthieu ne venait pas, elle commença à imaginer de sa part une réaction très différente. Une réaction de fureur, d'horreur, d'indignation rageuse : comment avait-elle pu oser une telle chose ? Elle n'en avait pas le droit, ne pouvait pas comprendre !

À mesure que les minutes s'écoulaient, ses pensées se reportèrent sur elle-même. Prise entre passé et présent, elle sentait d'instinct qu'il ne viendrait pas. Elle marchanda avec elle-même : encore cinq minutes… Matthieu avait pu être pris dans un embouteillage. Retenu par une réunion. Avoir un accident. Il devait y avoir une explication au fait qu'il n'ait pas répondu à ses quatre appels sur son mobile. Et, même si elle ne voulait surtout pas qu'il lui arrive malheur, elle cherchait une excuse, n'importe laquelle, parce que la vérité était beaucoup trop douloureuse.

Qu'il ait su ou non que c'était son anniversaire, il n'était pas assez naïf pour ignorer qu'en la laissant là, dans ce restaurant, dans cette robe qu'elle n'avait achetée que pour lui, il la blesserait profondément. Donc, il avait choisi d'agir ainsi de façon délibérée.

Le regard brouillé par des larmes naissantes, elle vit le chef de rang s'avancer vers elle. Elle resta figée, sans réaction, en entendant le message qu'il lui apportait…

— Madame Montcour, je suis vraiment navré, mais votre mari a été retenu contre sa volonté et…

Elle n'entendit pas la suite de la phrase, tant ses tempes bourdonnaient. L'homme semblait attendre une réponse, et elle le regarda d'un air dérouté. Matthieu n'avait tout de même pas pu lui faire une chose pareille ! L'homme qu'elle aimait n'avait pu lui infliger une telle souffrance !

— J'ai juste besoin d'un instant, dit-elle au chef de rang, qui repartit entre les tables tandis que les dîneurs la fixaient.

Maria porta la main à son ventre alors que le bébé donnait un coup de pied, pour manifester son empathie ou par esprit de rébellion, elle n'aurait su le dire. Une chose était sûre, cependant : elle ne voulait plus de cette vie-là. Ni pour son bébé, ni pour elle-même.

Comme si elle avait été prisonnière d'un enchantement enfin dissipé, elle se leva, affronta les regards curieux ou apitoyés des clients alentour et se jura que plus jamais elle n'aurait à subir ça.

Elle saisit le petit écrin noir et quitta les lieux avec un port plus altier que celui d'une reine, malgré les larmes qui roulaient sur ses joues.

Quand Matthieu arriva enfin chez lui, ce soir-là, il était épuisé. Par le manque de sommeil, par le conflit qui l'avait agité avec violence tandis qu'il luttait entre le désir de rejoindre Maria et le besoin désespéré de garder ses distances avec elle. Dans un accès de panique ultime, il s'était précipité au restaurant – comprenant trop tard qu'il avait commis une erreur. Qu'il ne pouvait pas la repousser. Mais elle était partie.

Il jeta son trousseau de clés sur la table basse et traversa la demeure, pressé de la retrouver, de la supplier de lui pardonner. En entrant dans la vaste pièce de vie, il vit trois valises près de la porte d'entrée. Il les fixa comme s'il n'était pas sûr qu'elles soient réelles, sans savoir s'il était soulagé ou plongé dans le désespoir le plus profond.

Il tendit l'oreille, mais la maison était silencieuse, les lumières éteintes, les lieux sombres et froids, comme pour préfigurer l'avenir qui l'attendait sans Maria et sans son enfant.

En sentant soudain le souffle de la brise, il regarda du côté des portes-fenêtres donnant sur la terrasse. Elles étaient ouvertes, et il aperçut enfin Maria, dont la silhouette se profilait sous le ciel nocturne. Sa peau laiteuse luisait au clair de lune, ses magnifiques cheveux noirs flottaient sur ses épaules, et il se remémora aussitôt le premier soir, quand l'avait attiré à lui telle une sirène.

Tout comme elle l'attirait maintenant. Pendant un instant, il regretta de ne pas pouvoir revenir en arrière. Il regretta de ne pas être venu à l'heure au restaurant au lieu de se terrer dans son bureau comme un lâche. Il regretta de ne pas l'avoir rejointe pour la prendre dans ses bras et lui dire tout ce qu'elle représentait pour lui. Mais ce qui était fait était fait. Alors, ses pas le portèrent sur la terrasse, juste derrière elle.

Le léger soupir étranglé qu'elle laissa échapper lui révéla qu'elle avait remarqué sa présence.

D'abord, ils restèrent silencieux, puis il dit :

— Maria, je suis tellem…

— Non ! coupa-t-elle. Ne t'excuse surtout pas.

Elle se retourna alors, et il put voir la trace des larmes sur ses joues, sa pâleur extrême. Maria ne cachait pas son chagrin, comme lui. Elle le revendiquait. Elle s'en emparait, songea-t-il.

— Tu sais quel jour on est, aujourd'hui ?

Il sut, d'instinct, qu'elle venait d'activer le détonateur d'une bombe qui allait tout changer. Il le sentait dans l'air, tout autour de lui, et il eut désespérément envie de stopper les mots qui allaient sortir de sa bouche.

— C'est mon anniversaire.

Matthieu se maudit intérieurement. S'il avait su… aurait-il agi d'une autre manière ? Il était si partagé, si désorienté, et il souffrait tant qu'il n'aurait pas su le dire. Pendant des semaines, ses cauchemars lui avaient montré qu'il perdait Maria de la façon la plus douloureuse, et voici qu'ils devenaient réalité, à cause de lui.

Un sourire triste se peignit sur ses traits.

— Ce n'est peut-être pas un hasard que nous nous soyons rencontrés le jour de ton anniversaire et que nous nous séparions le jour du mien.

— Maria…

— Et moi qui avais un cadeau pour toi ! dit-elle avec un rire amer.

C'est alors qu'il vit le petit boîtier qu'elle tenait dans ses mains fines, la blancheur de ses doigts tranchant sur le velours noir de l'écrin. Il tenta de s'expliquer le frisson d'appréhension qui le parcourait. Mais, avant tout, il voulait tenter de la faire rester.

— J'ai eu tort, Maria. Je n'aurais jamais dû te laisser dans ce restaurant.

— En effet. Tu savais ce que je ressentirais, et tu l'as fait quand même. Pour la première fois depuis que je te connais, tu as été fidèle à ta réputation.

Le coup porta, même si dans le même temps elle lui tendait le cadeau – ce cadeau qu'il ne méritait pas et n'avait jamais mérité. Il prit l'écrin sans la quitter des yeux.

— Maria, je t'en prie...

— Ouvre.

— Ne crois-tu pas que nous avons des choses plus importantes à discuter, en ce moment ?

— Non, parce qu'à mon avis, ce que renferme ce cadeau est précisément au cœur de la situation.

Sourcils froncés, il souleva le couvercle du boîtier et crut que son cœur allait s'arrêter de battre. Il lui fallut quelques instants pour comprendre ce qu'il voyait.

Trois brins forgés, battus, texturés à la main avaient été réunis en une torsade qui semblait n'avoir ni commencement ni fin, et même s'il tentait désespérément de se protéger contre la création de Maria, il devinait qu'elle avait voulu que ces brins représentent son père, sa mère et lui-même, tout autant qu'elle-même, lui et leur enfant... Et cela aurait pu avoir du sens si cela ne s'était pas déjà rattaché pour lui à la période la plus sombre de son histoire.

— Tu n'aurais pas dû faire ça, lui dit-il d'une voix méconnaissable, sans se résoudre à la regarder.

— Je... J'avais cru que ce serait un beau rappel pour toi. Un moyen d'avoir en permanence quelque chose de ta famille.

Il perçut sa confusion, sa souffrance. Peut-être même une trace de peur dans sa voix.

— Tu n'as pas la moindre idée...

— Bien sûr que non, Matthieu. Tu ne me parles pas ! Tu ne me dis pas ce que tu penses, ce que tu ressens.

— Tu n'as aucune envie de savoir ce que je ressens en ce moment, crois-moi.

— Mais si, Matthieu. Je ne veux pas seulement connaître les petites parts de toi que tu juges bon de montrer. Je ne veux ni la bête fauve ni le mari si maître de lui. Ce que je veux, c'est *toi* tout entier.

— Tu veux me connaître ? Tu veux savoir ce que je ressens ? Ce que j'éprouve est de l'horreur à l'état pur. L'horreur que tu te sois emparée d'un objet aussi personnel pour le transformer entièrement. Que tu prennes la mort de mes parents pour…

Il s'interrompit, luttant contre lui-même, ne sachant s'il devait se cramponner à ces tiges d'argent ou les rejeter aussi loin que possible. Et c'était la faute de Maria.

— Matthieu, je…

— Oh ! Je n'oublierai jamais le regard amoureux que mon père a posé sur ma mère quand elle lui a offert son cadeau… Ils m'ont envoyé au lit avant que j'aie le temps de bien le voir, en me promettant de me le montrer le lendemain, mais…

Il secoua la tête au souvenir de sa frustration enfantine, de son désir de voir de plus près ce que sa mère avait offert à son père.

— J'étais trop impatient, ce soir-là. Je me suis faufilé hors de ma chambre pour aller le chercher en bas, dans la salle à manger. Mes parents ont perdu un temps précieux, ensuite, à fouiller ma chambre et le reste du premier étage. Un temps qu'ils auraient pu mettre à profit pour quitter la maison en feu. S'il n'y avait pas eu ça…

Il leva le bracelet pour ponctuer ses paroles.

— Sans ça, mon père aurait pu s'en sortir. Il aurait pu sauter de la fenêtre par où il m'avait sorti. Je me rappelle l'instant où il m'a regardé avant de retourner chercher ma mère. Je me rappelle ses larmes, son envie désespérée de rester avec moi et son envie désespérée de la sauver. Je l'ai vu là, à la fenêtre, tandis que le crépitement du brasier qui ravageait notre maison couvrait les mots d'amour qu'il m'envoyait.

« Je suis désolé ! » lui avait hurlé son père, et Matthieu avait à peine entendu ces mots.

— Sais-tu ce que c'est de se sentir responsable de la mort de ses parents ? Et de souhaiter que ton père ait choisi de rester avec toi au lieu de choisir ta mère ? Peux-tu concevoir ce sentiment de culpabilité ? Savoir que tu aurais préféré que ta mère meure seule au lieu de rester toi-même seul ? Ou mieux encore, qu'on ne t'ait pas sauvé et que tu sois parti avec eux ?

La voix de Matthieu se brisa. Jamais il n'avait avoué cela à personne. Jamais il n'avait prononcé ces mots.

Un lourd silence les enveloppa et Matthieu sentit la présence de Maria, derrière lui.

— Tu n'étais pour rien dans l'incendie, Matthieu, lui dit-elle, bouleversée. Ce n'est pas ta faute, s'ils ne sont plus là.

— Vraiment ? Tu peux croire ça ? Que je suis innocent de cette perte, que je ne suis pas un monstre, alors que je me suis comporté en tant que tel ce soir, en te laissant seule au restaurant *volontairement* ? fit Matthieu.

Il était horrifié de constater que sa peur et sa souffrance le rendaient aussi cruel qu'elle l'avait accusé de l'être, mais incapable de se contenir. Car il était plus sûr, pour elle et pour lui, de repousser Maria.

— Ne fais…

— Ne fais pas quoi ? Ne lève pas le voile sur la fiction que tu as tissée à notre sujet ? Une histoire semblable à celle que tu avais imaginée sur toi et Theo Tersi, que tu croyais aimer le jour *où nous nous sommes connus* ?

Ce fut comme s'il l'avait giflée. Elle rejeta la tête en arrière, et son teint, déjà si pâle, devint livide.

— Je ne sais pas de quoi tu parles, répondit-elle d'un air douloureux qui le toucha au cœur.

— Si, tu le sais. Tu noues des relations impossibles avec les personnes que tu rencontres parce que c'est plus facile que d'admettre la réalité : tout n'est pas un conte de fées, tout le monde ne peut pas être aussi parfait que tu le voudrais. Ni ton père, ni ton frère, ni moi.

Tout en prononçant ces mots, il s'aperçut qu'il les croyait presque. Dire un mensonge aurait fait plus mal encore à Marie, et à lui-même.

— Tu m'as dit une fois vouloir savoir qui était Maria Montcour, reprit-il, mais en réalité, que tu sois épouse, mère, sœur ou fille, tu sembles ne pas savoir qui tu es en tant que personne. Tant que tu n'auras pas progressé dans ce domaine, nous jouerons tous un rôle fantasmé dans ton imagination, sans jamais parvenir à être à la hauteur. Tu nous demandes de l'amour, mais comment pourrions-nous t'en donner, si tu ne te connais pas toi-même ?

Maria écouta ces paroles avec attention. Elle se rendait compte qu'elles étaient profondément justes. Soudain, quelque chose se mettait en place à l'intérieur d'elle-même. Comme si elle voyait, dans le miroir que Matthieu lui tendait, une personne qu'elle identifiait vaguement sans pouvoir la reconnaître. Car il avait raison. Il était plus facile de trouver sa place dans des relations désespérément fantasmées. Ainsi, si elle était confrontée au rejet, ce n'était pas elle qui était en cause, c'était le rôle qu'elle s'était assigné, et qu'elle pouvait abandonner pour aller de l'avant.

Avait-elle procédé ainsi pendant toutes ces années ? Elle admettait qu'il y avait du vrai au sujet des sentiments qu'elle avait eus pour Theo. Mais, quoi que pût prétendre Matthieu, elle était sûre d'avoir de l'amour pour lui. Elle le voyait prêt à se raccrocher à n'importe quoi pour la faire partir, pour se défendre de ses propres sentiments envers elle. Et s'il était prêt à lui lacérer le cœur pour révéler quelque vérité intérieure, eh bien, elle lui rendrait la pareille. Si c'était sa dernière occasion d'être honnête avec lui, elle le serait.

— Quel moralisme de ta part de m'accuser de ne pas me connaître moi-même, de me cacher derrière un rôle ! Et toi, Matthieu ? Que fuis-tu chaque fois que tu quittes notre lit ?

— J'y suis obligé. J'ai des cauchemars, et ils sont…

— Des rêves et rien de plus.

— Non. Ils sont concrets, ce sont des souvenirs ! Chaque nuit, je vois mon père, ma mère et ma maison qui brûle. Quelquefois, tu es là. Toi et notre enfant. Et je ne peux pas…

Maria perçut la souffrance de Matthieu. Même dans la tiédeur de l'air vespéral, il paraissait glacé. Elle en eut le cœur retourné. Elle détestait qu'il lui ait tu, caché tout cela.

— Pourquoi ne m'as-tu rien dit ? Pourquoi n'as-tu pas parlé ? Nous aurions pu affronter ça ensemble, mais tu t'es fermé, tu as gardé ça pour toi.

— Je ne suis pas comme toi. Tu as un frère, une famille. Moi je suis seul et j'ai presque toujours été seul. Je ne t'ai rien dit, oui, bien sûr. Je ne dis jamais rien à personne.

— Mais je ne suis pas n'importe qui ! ne put-elle s'empêcher de s'écrier. Je suis ta femme. Un rôle bien réel, celui-là. Et tu as beau chercher à le nier, à y voir un fantasme, je t'aime. Oui, je t'aime. D'un amour immense, que tu ne me laisses pas partager avec toi, ce qui est d'une tristesse infinie.

Elle espérait encore, en disant tout cela, et alors même qu'elle savait devoir partir, qu'il changerait d'avis. Que son cœur changerait.

— Mais tu t'interdis cela, continua-t-elle sur sa lancée. Tu caches ta peine, comme si c'était tout ce que tes parents t'avaient laissé. En ignorant le fait qu'ils t'ont apporté les bases nécessaires pour devenir l'homme remarquable que tu pourrais être, si tu t'y autorisais.

Elle voyait en parlant qu'il accusait le coup, alors qu'elle prononçait ces mots qui allaient droit au but, détruisaient les mensonges dont il s'était blindé le cœur pour se protéger.

— Quand je t'ai annoncé que nous attendions un enfant, tu m'as demandé ce que je voulais. Je te retourne la question : que veux-tu ?

— Je n'en sais rien !

Ce cri de Matthieu fit mal à Maria, très mal. Parce qu'elle voulait désespérément l'aider à trouver le chemin de la vérité.

— Ce n'est pas suffisant.

— Je t'ai dit que je serais présent pour le bébé. Que tu pourrais avoir tout ce que tu désirais. Et que je n'avais rien de plus à offrir. Tu changes les termes de notre accord.

— Oui, dit-elle d'un ton de défi, parce que tu m'as prouvé que tu es capable de beaucoup mieux, quoi que tu puisses dire. Tu m'as donné envie de ce Matthieu-là, envie d'autre chose.

Matthieu ne pouvait lui opposer aucun déni. Car il avait changé aussi. Depuis qu'il avait vu Maria à Iondorra, il avait su que ça arriverait. Cela avait commencé bien avant les cauchemars qui l'avaient replongé dans ses souvenirs, la souffrance, la dévastation, le deuil – toutes ces choses qu'il redoutait d'avoir à revivre s'il arrivait quoi que ce soit à Maria ou à leur enfant… Il ne supportait même pas d'y penser.

Maria lui avait donné envie d'être meilleur. Mais c'était trop pour lui. Et en lui, le fauve rugissait, blessé.

— Jusqu'à ce que tu sois prêt à devenir l'homme que tu peux être, je ne veux pas que tu m'approches. Tu pourras voir ton enfant autant que tu voudras. Je ne lui dénierai pas ce droit, et à toi non plus. Mais tu seras présent à chaque anniversaire, chaque Noël, chaque événement, que ce soit un examen, un succès en musique ou un permis de conduire.

Maria lui dépeignait l'avenir qu'il se forçait à rejeter, quitte à en être ravagé.

— Une seule défaillance dans ces occasions, continua-t-elle, et tu ne feras plus jamais partie de nos vies. Compris ? Parce que mon enfance, et le temps que j'ai passé avec toi m'ont insufflé une volonté : ne jamais infliger à mon enfant le moindre abandon, physique ou affectif.

Mon enfant… Maria le chassait de sa vie comme il l'avait voulu avant son retour à la maison, et après qu'elle lui avait offert le cadeau. D'abord, c'était parce qu'il pensait qu'elle et le petit seraient mieux sans lui. Et maintenant ? Il ne parvenait pas à imaginer comment il pourrait vivre avec eux dans la crainte constante de les perdre. Alors, oui, il avait besoin que Maria s'en aille.

— Mes enfants grandiront dans la certitude qu'ils sont aimés et soutenus par leur famille. Que, quoi qu'il arrive, ils passent avant tout. Et ils le sauront parce que je leur en donnerai la preuve. Alors, quel que soit mon amour pour toi – et je t'aime, Matthieu, je t'aime tant ! —, je donne la priorité à moi-même et au bébé. Quant à toi, tu dois affronter ça. Tu ne peux pas vivre dans l'ombre de ta réputation de monstre. Tu ne peux pas consentir à ce que ça régisse ta vie.

Sur ces mots, elle partit, tête haute, si belle qu'il en avait le cœur éperdu. Mais il valait mieux que Maria Rohan de Luen, la femme qu'il aimait plus que tout, sorte de sa vie maintenant.

11.

« Tu ne peux pas consentir à ce que ça régisse ta vie. »

Les paroles de Maria résonnaient encore en Matthieu, bien des heures, et même des jours après son départ.

Il laissait ses appels téléphoniques et ses mails sans réponse. Il n'était pas retourné au bureau depuis lors, car en vérité les mots qu'elle avait prononcés le consumaient. Pendant les années consécutives à l'incendie, il avait cru qu'il avait, à sa manière, encaissé les événements de cette nuit-là. Mais Maria, en ravivant ses blessures les plus profondes, avait ouvert la boîte de Pandore…

D'abord, son sentiment de perte, de deuil, aussi puissant qu'autrefois, l'avait abattu. Puis, après ce premier flot de souvenirs, d'autres avaient émergé. Des vacances à Antigua, le goût de sa mère pour les vêtements de couleurs vives – rose, turquoise, pourpre et orange. Les plaisanteries gentiment taquines de son père parce qu'elle choisissait toujours des boucles d'oreilles originales. Cela lui avait fait mal de réaliser qu'il avait refoulé de sa mémoire toutes les choses qui les rendaient uniques, amoureux comme des adolescents, parfois. Alors, il avait eu envie de raviver d'autres souvenirs…

Peu après le départ de Maria, il avait téléphoné à Malcolm, qui était arrivé chez lui en quelques heures. L'inquiétude qu'il avait lue sur son visage avait presque pansé les blessures de Matthieu. Il avait bombardé de questions son vieil ami – comment ses parents s'étaient-ils rencontrés ? Comment étaient-ils ? – et demandé quantité d'autres choses qu'il aurait sans doute apprises avec le temps, si le destin l'avait permis. Ils avaient parlé pendant des heures, et Matthieu avait savouré ce qu'il avait autrefois tenu à ignorer. Ce qu'il n'avait pas pu supporter de savoir.

Enfin, Matthieu s'était confié sur la nuit fatale. Il avait révélé à quelqu'un d'autre qu'à Maria son chagrin, sa honte et son sentiment de culpabilité à cause de sa conduite de cette nuit-là.

— Je ne m'étais jamais douté de rien, avait dit Malcolm. Si j'avais su… Pourquoi ne m'as-tu jamais dit ce que tu ressentais ?

— Jamais admis que c'était ma faute ?

— Mais ce n'était *pas* ta faute ! avait affirmé Malcolm. Matthieu, te souviens-tu de la façon dont l'incendie a démarré ?

Matthieu n'était pas près d'oublier le résultat de l'enquête des pompiers.

— Réseau électrique défaillant.

— Où ça ?

— Que veux-tu dire ?

— Où le feu a-t-il commencé ?

— À l'étage.

— Et où étais-tu ?

— En bas, dans le séjour…

— Tu n'es pour rien dans l'incendie, avait répété Malcolm en le regardant dans les yeux. Et si tu t'étais trouvé au lit, à l'étage, au lieu d'être tout en bas de la maison, eh bien, tu aurais peut-être été un des premiers à mourir, cette nuit-là. Ton père n'a pas gâché un temps précieux et, même s'il l'avait fait, il aurait agi ainsi parce qu'il t'aimait et voulait que tu vives. S'il est retourné chercher ta mère dans le brasier, c'est parce qu'il voulait qu'elle vive. L'homme que j'ai eu la chance d'avoir pour meilleur ami ne se serait jamais pardonné, s'il n'avait pas essayé de la sauver.

Longtemps après le départ de Malcolm, Matthieu avait contemplé le lac sans vraiment le voir. Il avait été choqué de découvrir qu'il avait, d'une certaine façon, esquivé la vie. Maria avait raison. Il avait cultivé son chagrin, cultivé les souvenirs précieux, parfois douloureux, mais surtout profondément tendres de ses parents, comme s'il ne leur avait été alloué qu'un temps limité dans sa mémoire, comme s'ils devaient y disparaître. Mais plus il y pensait, plus les souvenirs lui revenaient. Et plus il comprenait qu'il avait commis une grossière erreur en contraignant Maria à sortir de sa vie.

Près d'un mois plus tard, Matthieu descendit de la limousine garée devant une certaine propriété de Sienne et frappa à la porte, se protégeant par avance contre ce qui allait avoir lieu.

La porte s'ouvrit, et Sebastian Rohan de Luen, après le premier regard, lui balança son poing dans la figure. Matthieu avait vu venir le coup, mais il l'accepta, car il lui semblait plus que mérité.

— Un ami te dirait de recourir aux mots, dit-il à Sebastian.

— Ah ? Eh bien, je suis du genre à agir, moi. Je t'avais averti, bon sang ! Je t'avais prévenu que…

— Je sais. Tu avais raison. J'ai mérité ton coup de poing, et plus encore.

Sebastian le fusilla du regard, avant de s'écarter pour le laisser entrer dans le salon de la demeure où il était déjà venu en visite avec Maria. Matthieu remarqua, sur la table, une bouteille de whisky à demi vide. Sebastian, à présent planté au milieu de la pièce, fixait un grand tableau accroché au-dessus de la cheminée. Ce fut seulement alors que Matthieu examina vraiment la toile.

Il fut stupéfait par le portrait de la femme qui le regardait, réalisé par un célèbre peintre européen.

— Seigneur, est-ce… ?

— Notre mère, oui. La ressemblance est saisissante, tu ne trouves pas ?

Matthieu préféra ne pas répondre. Il prenait soudain conscience qu'il avait dû être terriblement dur, pour le père de Maria, de voir en sa fille le portrait craché de son épouse. Il prenait conscience que cela avait dû être très difficile aussi pour Maria.

— Cette toile doit valoir une fortune.

— Tu n'es pas le seul milliardaire ici.

— As-tu *acheté* cette peinture ?

Un silence lourd de sens s'abattit sur la pièce. Puis Sebastian avoua à contrecœur que c'était une longue histoire.

— Est-ce que ça va ? lui demanda Matthieu, réellement inquiet.

— Je ne pense pas que tu sois venu parler de moi et de mes sentiments.

— Non, mais…

— Alors, n'en fais rien, coupa Sebastian, impérieux, avant de se remettre à contempler le tableau.

Matthieu soupira.

— Sais-tu où elle est ?

— Oui.

— Vas-tu me le dire ?

— Uniquement si tu me donnes une bonne raison de le faire, finit par répondre Sebastian, reportant sur lui son regard inquisiteur.

— Je l'aime, dit avec simplicité Matthieu.

Au cours des dernières semaines, il avait examiné ses sentiments, ses craintes, la part la plus obscure de lui-même. En regrettant de n'avoir pas permis à Maria de l'aider, et en sachant qu'en fait il valait mieux qu'il ait compris tout seul. C'était plus sain.

— Possible, lui dit Sebastian. Je pourrais même te croire. Mais cela ne signifie pas que je te donnerai ce que tu veux.

Matthieu n'aurait guère pu le lui reprocher. Pendant près d'une heure, il batailla pour convaincre Sebastian de lui révéler la retraite de Maria. En retournant vers sa voiture, il téléphona à sa secrétaire pour qu'elle lui procure le numéro de mobile de Theo Tersi. Il eut avec ce dernier une conversation brève et, dès que Theo eut promis de venir à Sienne aussi vite que possible, Matthieu mit de côté sa préoccupation au sujet de Sebastian pour ne plus songer qu'à Maria. Puis, ayant mis le contact, il démarra.

Maria se gara dans l'allée de la maison qu'elle louait en Ombrie. Elle était épuisée, après sa visite à Valeria et à son père. Cela avait été… difficile ? Oui. Douloureux ? Un peu. Mais bénéfique ? Peut-être.

Il lui avait fallu plusieurs semaines d'introspection pour trouver le courage d'affronter Eduardo. Elle avait toléré que la démission de son père, fuyant son devoir familial, dicte une trop grande part de sa vie. Elle lui avait permis de voir sa mère en elle, sans avoir le courage de tenir bon et d'être *Maria*. De même, elle avait cherché avec lui la relation idéalisée dont elle rêvait, au lieu d'en quêter une avec le père réel. Mais s'il n'avait jamais su le dire ni le montrer, tout au fond de lui, malgré ses défauts, il l'aimait, elle le savait. Alors, pour la toute première fois, elle était allée le trouver avec espoir, confiante en ce qui pourrait surgir d'une rencontre authentique.

Si c'était ce qu'elle pouvait tirer de bon de sa dispute avec Matthieu, eh bien, elle était preneuse !

Elle descendit de sa petite voiture de location, secouée par sa visite, mais aussi étrangement plus forte, et se dirigea vers l'entrée de la belle propriété qu'elle avait dénichée un mois plus tôt. Elle s'en était éprise dès qu'elle l'avait vue et l'avait louée pour un an, utilisant l'argent que Sebastian avait mis de côté pour elle – et qu'elle s'était juré de ne jamais entamer. Entre des champs de tournesols et une plantation de tabac, la maison était à l'opposé de la demeure de Matthieu au bord du lac Lucerne. Avec son toit de tuiles rouges et ses vieux murs en pierre, ses jolis volets pour barrer le passage au soleil, elle était chaleureuse. Une merveilleuse tonnelle croulant sous le poids des clématites et du chèvrefeuille ombrageait la cour, où elle s'attardait avec plaisir l'après-midi.

La villa était à environ deux heures de route de la maison de Sebastian, de celle de son père, et à des années-lumière, semblait-il, de chez Matthieu. Elle avait cru qu'elle y passerait son temps à broyer du noir, mais au lieu d'être démoralisée, épuisée par sa séparation d'avec Matthieu et les accusations qu'ils s'étaient lancées à la figure, elle en avait été dynamisée, acquérant une détermination nouvelle.

Elle avait établi son bilan : ses avoirs financiers, ses besoins et ceux de son enfant. Puis elle avait formé des projets. Et, même si cela faisait mal de les envisager sans Matthieu, ils dessinaient un avenir possible. En forgeant ces plans où elle espérait conjuguer son rôle de mère avec celui de créatrice de bijoux, considérant enfin l'aide financière de Matthieu non comme une dépendance mais comme un cadeau qui lui permettrait d'explorer sa personnalité et ce qu'elle désirait devenir, elle avait trouvé la sensation d'accomplissement qui lui avait manqué jusqu'alors.

Pour la première fois, son avenir prenait forme, elle lui avait donné une direction solide. Par ailleurs, son récent rendez-vous avec son nouveau médecin s'était bien déroulé, elle se portait bien et son bébé aussi. Elle lui avait même acheté un berceau. Elle avait imaginé qu'elle ferait cette acquisition avec Matthieu, bien sûr, et son absence lui avait causé de la peine. Mais elle était prête à avancer sans lui.

Quant à ses sentiments pour Matthieu, elle les avait enfermés à double tour, tout comme elle l'avait accusé de l'avoir fait avec les souvenirs de son passé. Elle espérait trouver le courage de les affronter un jour, de même qu'elle l'avait encouragé à affronter ses blessures intimes.

Pourtant, elle avait un espoir qu'elle osait à peine s'avouer. Elle espérait que Matthieu viendrait la chercher…

Elle venait de se servir une tasse de thé au citron et au gingembre lorsque le bruit d'une voiture sur le gravier de l'allée la ramena au temps présent. On venait lui livrer le berceau !

Elle gagna l'entrée de la villa, sans réaliser tout d'abord à qui se cachait derrière la haute silhouette qui se tenait là, occupant l'espace comme s'il lui appartenait. Les mots moururent dans sa gorge lorsqu'elle reconnut Matthieu. Puis elle l'enveloppa d'un regard avide, presque déroutée par ces traits qui revenaient pourtant la hanter chaque nuit depuis qu'elle avait quitté la Suisse.

Elle croisa son regard, où brûlait un mélange d'espoir, de tristesse et d'autre chose qu'elle ne parvenait pas à cerner.

Matthieu laissa filer un grand soupir, gagné par une sensation de paix dès l'instant où il posa les yeux sur sa femme. Il savait qu'il avait un obstacle de taille à franchir, mais il s'accordait ce moment de répit car, pendant les jours et les nuits interminables qui l'avaient séparé d'elle, il avait su qu'il manquait une pièce essentielle à son existence. Une part intégrante de lui-même.

— Je peux entrer ?

Elle le considéra longuement et, alors qu'il s'attendait à un refus, elle fronça les sourcils et demanda :

— Qu'est-ce que tu as à la bouche ? Que t'est-il arrivé ?

Matthieu effleura la commissure de ses lèvres, là où le poing de Sebastian l'avait atteint, et eut un sourire contrit.

— Rien que je n'aie mérité.

— C'est mon *frère* qui t'a fait ça ? lança-t-elle d'un ton furieux avant de disparaître dans le grand couloir de la villa en marmonnant des paroles de vengeance.

— Maria ? lança Matthieu, qui l'avait suivie et la trouva en train de pianoter sur son mobile avec colère.

— Attends une seconde.

Il fronça les sourcils. Il n'avait pas prévu une telle entrée en matière !

— Maria…

— Qu'est-ce que c'est ? fit-elle alors qu'il venait lui ôter le mobile des mains, en douceur.

— Je ne veux pas parler de Sebastian ni de quoi que ce soit d'autre, pour le moment. Je suis venu pour…

Elle inclina la tête sur le côté, ressemblant à celle qu'elle était la première nuit à Iondorra, et il en fut bouleversé. Cependant elle restait distraite – par le mobile, par Sebastian, cherchant sans doute à gagner du temps. Il revint résolument sur ses pas.

— Mais où vas-tu ?

Il ramena vers lui l'une des portes persiennes qu'elle avait rabattues, sortit sous le soleil et dit avant de fermer l'autre :

— Nous reprenons tout de zéro. Parce que c'est important. Je veux que ce soit fait comme il faut.

Puis, ayant pris une profonde inspiration, il frappa à la porte.

Quand Maria rouvrit les persiennes, elle avait une expression étrange – mélange de tristesse, d'humour et de confusion.

— Je peux entrer, Maria ?

Cette fois, elle parut réfléchir à sa réponse. Et, dans les jeux d'ombre du couloir, il vit, avec un coup au cœur, que leur bébé avait grandi. Il eut envie de tomber à genoux devant elle, d'appuyer la tête contre son ventre rond et de la supplier de lui pardonner.

Elle s'écarta avant qu'il ait le temps de passer à l'acte et lui fit signe d'entrer.

Cette fois, il la suivit, sans prendre garde à son environnement, et se retrouva soudain au grand soleil, dans la cour la plus charmante qu'il eût jamais vue. Une profusion de fleurs blanches et pourpres retombaient en avalanche au-dessus de leurs têtes, l'odeur entêtante du chèvrefeuille lui inondait les sens. C'était chaud, coloré, suave – l'expression même de ce qu'était Maria. De tout ce qui lui avait manqué depuis l'instant où il l'avait poussée à sortir de sa vie.

Il secoua la tête, assailli par une déferlante de pensées, ne sachant par où commencer, craignant d'embrouiller tout. Il avait pourtant réfléchi, avait testé et répété les mots qu'il prononcerait, pendant qu'il était en route vers la villa. Mais maintenant, face à elle…

— Assieds-toi donc.

Elle lui tendait un rameau d'olivier, et il avait l'occasion de rétablir les choses, de repartir de zéro. Pourtant, ainsi, il aurait ignoré tout ce qui s'était passé entre eux, tout ce qu'elle l'avait aidé à comprendre sur lui-même, tout ce qui n'allait pas chez lui – et dont il avait pris conscience.

— Merci, mais je resterai debout, dit-il, embrassant du regard les superbes champs de tournesols tandis qu'il choisissait ses mots. Maria, je ne peux pas demander ton pardon. Te laisser seule au restaurant était impardonnable.

Il trouva enfin le courage de la regarder franchement, redoutant de la voir approuver ses propos et n'envisageant pas de clémence. Ce qu'il vit, ce fut de la patience – une écoute qu'il accueillait plus que volontiers.

— Tu avais raison sur toute la ligne, reprit-il. Je ne t'avais pas parlé de mes cauchemars sur l'incendie parce que en réalité je ne voulais pas que tu m'aides à voir clair à leur sujet. Cela m'aurait amené à affronter le fait que tu étais devenue si précieuse à mes yeux qu'après avoir perdu ma famille, vécu cette souffrance-là, je ne pensais vraiment pas pouvoir survivre si je venais à te perdre, ou à perdre notre enfant. Alors, je t'ai repoussée, et je t'ai perdue quand même, en me disant que ce serait moins dur que de subir plus tard une perte plus terrible encore.

« Et c'est ma crainte d'un tel événement, ma terreur face à l'importance que tu as prise et à mon amour pour toi qui m'ont rendu cruel. Le jour de ton anniversaire, je me suis servi de l'amour que tu me portes pour le retourner contre toi. Si tu choisis de ne jamais me revoir, je l'aurai mérité. Mais rien ne changera mes sentiments pour toi, quelle que soit la durée de notre séparation. Je t'aimerai toujours. Tu as apporté la lumière dans ma vie, plongée dans les ténèbres sans que j'en aie conscience. Tu as apporté la vérité à mon âme, que les secrets et la culpabilité étouffaient à mon insu, et l'amour dans mon cœur désolé. Cet amour que je suis capable d'accepter à présent, et qui ira toujours vers toi et notre enfant.

Cette fois, lorsque Matthieu regarda sa femme, il vit des larmes dans ses yeux, sur sa joue. D'un geste instinctif, il les essuya.

Maria capta l'éclat argenté qui avait jailli quand il lui avait effleuré la joue. Matthieu portait son bracelet ! Ce bracelet qui avait représenté tant de choses pour elle tandis qu'elle le créait. Lorsqu'elle leva les yeux, elle vit l'homme qu'elle aimait la regarder avec fierté, revendiquant ses sentiments pour elle, et ce fut un émerveillement.

— Quand tu m'as donné ceci, lui dit-il, je n'ai vu que le passé, que la souffrance, la culpabilité et la honte qu'il représentait à mes yeux. Mais j'ai parlé à Malcolm, je me suis rappelé cette nuit-là. Tu m'as restitué une part de moi-même que je pensais perdue, et je suis émerveillé par la générosité d'un tel geste, par la beauté de ce que tu m'as apporté. Je porte ce bracelet en permanence, où que j'aille.

Maria pleurait, à présent. Elle était bouleversée qu'il ait si bien compris ce qu'elle avait tenté de mettre dans le cadeau. Leur lien n'en devenait que plus puissant. Cependant, elle avait à parler aussi, elle avait besoin de livrer ce qu'elle avait sur le cœur. Elle recouvrit de ses mains celles de Matthieu.

— Je tiens à te dire que tu as été entendu, toi aussi.

Il eut un mouvement, comme pour chasser le souvenir honteux et blessant de cette nuit-là.

— Non, ne refuse pas, lui dit-elle. Nous avons prononcé des paroles de colère, mais tout comme toi, j'en ai moi aussi tiré la leçon. J'ai compris que beaucoup de choses que tu avais dites étaient vraies. J'avais si peur d'être rejetée, de ne pas être aimée, que j'ai tissé des fantasmes autour de mes relations, m'attribuant chaque fois un rôle auquel je pourrais facilement renoncer par la suite, en cas d'échec. Et c'était injuste envers tout le monde : mon père, mon frère, toi, et moi-même aussi. Je suis allée voir mon père, continua-t-elle avec un faible sourire. Il ne va pas changer du soir au lendemain, bien sûr, mais redéfinir nos rapports à partir de ce qu'ils étaient et pourraient être, et non ce que je désirais qu'ils soient. Eh bien, c'est prometteur pour l'avenir, j'espère. Cela n'aurait pas eu lieu sans toi et ce que tu m'as dit. Mais surtout, à cause de ce soir-là, je me suis forcée à examiner ce que je suis, ce que je voudrais être. Je commence à découvrir la « vraie Maria », et je l'aime bien.

Elle plissa le front, se reprit :

— Je m'aime bien, *moi*. J'aime aller à la découverte de moi-même. Mais, surtout, je veux que tu fasses partie de ce voyage. Je suis si heureuse de notre rencontre à Iondorra ! Je pense être tombée amoureuse de toi ce soir-là, où nous étions davantage nous-mêmes que nous ne l'avons été par la suite. Et j'aimerais beaucoup passer le reste de ma vie ainsi, avec toi et avec notre enfant.

— Peux-tu le redire ? demanda Matthieu.

— Tout ce que je viens de dire ?

— Non, seulement ce qu'il y a de plus important.

Maria sourit, elle avait compris ce qu'il attendait.

— Je t'aime, Matthieu Montcour.

— Je ne me lasserai jamais de l'entendre, Maria. Et je ne me lasserai jamais non plus de te le dire : je t'aime aussi !

Elle leva la main pour lui caresser la joue, pour l'attirer à elle dans un baiser où il y avait autant de joie, d'amour et d'acceptation que de passion et de désir. Elle sentit son cœur se dilater quand Matthieu la souleva dans ses bras, sous la tonnelle de clématites et chèvrefeuille, en une étreinte qui semblait faite pour durer toujours.

Matthieu porterait le bracelet pendant chaque jour de sa vie, lors de la naissance de leur premier enfant – une jolie fillette rieuse et turbulente —, puis du deuxième, un beau garçon parfois un peu grave, mais toujours affectueux. Il le porterait en renouvelant ses vœux conjugaux lors du mariage qu'il tint à offrir enfin à Maria, plein de rires, d'amour et de joie, avec la famille et les amis. Et il le porterait dans les périodes d'orage suscitées par les deuils ou les blessures, sans jamais se départir de l'amour qu'il éprouvait pour sa femme, leurs enfants, ses parents et lui-même. Il serait aussi à jamais reconnaissant de ce que sa belle épouse ait ouvert son cœur à l'amour et lui ait prouvé qu'il n'était pas un monstre, comme il l'avait si longtemps cru, mais un être digne de l'amour de la reine de son cœur.

Retrouvez en novembre 2020,
dans votre collection

AZUR

Le fruit de leur passion, de Louise Fuller - N°4268

Longtemps, Lottie a cherché l'identité du père de sa fille. Mais découvrir que l'inconnu d'une nuit n'est autre que le célèbre et redoutable Ragnar Stone lui cause un véritable choc. Hélas, maintenant qu'elle lui a présenté Sóley, voilà que Ragnar exige que toutes deux l'accompagnent chez lui, en Islande. Là-bas, dit-il, ils pourront discuter de l'avenir de leur enfant. Or, si la proposition paraît tout à fait raisonnable, Lottie ne peut s'empêcher d'y voir une menace voilée…

Un serment sous la neige, de Cathy Williams - N°4269

Matteo Moretti déteste Noël. Et, s'il séjourne aujourd'hui dans une station de ski, ce n'est certainement pas pour dévaler les pentes enneigées mais plutôt pour conclure une affaire de la plus haute importance. Hélas, alors qu'il touche au but, une parfaite inconnue vient bouleverser ses plans en le faisant passer aux yeux de tous pour son fiancé ! Pris au piège de cette comédie ridicule, et pour éviter un scandale retentissant, voilà donc Matteo contraint de jouer les amoureux transis auprès de la belle Rosie…

Captive d'un époux grec, de Natalie Anderson - N°4270

Leah n'était pas censée revoir Theodoros Savas. Mais la nuit qu'ils ont passée ensemble a eu une conséquence inattendue… Venue annoncer à l'homme d'affaires grec qu'il va être père, Leah est stupéfaite qu'il la demande en mariage. Et, plus encore, que Theo l'emmène au large d'Athènes, sur une île privée où elle se sent aussitôt prisonnière. Theo la considère-t-il comme un secret honteux, pour la cacher ainsi aux yeux du monde ? Alors qu'elle voudrait le fuir, Leah se sent hélas chaque jour davantage liée à son époux de convenance…

Liaison de glace, de Carol Marinelli - N°4271

Femme de chambre dans un prestigieux hôtel de Sicile, Antonietta est aussi réservée qu'efficace auprès de son illustre clientèle. Jusqu'au jour où elle fait la connaissance du sublime Rafael, dans le lit duquel elle passe des nuits vibrantes. Hélas, cette liaison interdite échappe à tout contrôle, quand son amant se révèle être le prince de Tulano ! Avant que le scandale éclate, Rafael va désormais devoir faire un choix entre Antonietta et sa couronne…

Les révélations d'une princesse, d'Annie West - N°4272

Pour revoir sa fille adorée, qu'on lui a arrachée le jour de sa naissance, la princesse Carolina est prête à tout… et même à se faire embaucher comme nounou ! Arrivée chez Jake Maynard, le tuteur de la petite, elle sent une intense émotion l'envahir. Combien de fois a-t-elle rêvé de ces retrouvailles avec Ariane ! Pourtant, Carolina sait qu'elle doit se montrer prudente et surtout ne pas dévoiler sa véritable identité. Car, si Jake fait battre son cœur, il pourrait bien le lui briser, en la séparant de nouveau de son enfant…

Le mariage oublié, de Lynne Graham - N°4273

Victime d'un accident, Brooke n'a plus aucun souvenir… pas même celui de son mariage ! Aussi est-elle choquée de découvrir à son chevet un homme qui lui révèle être son époux. Comment a-t-elle pu oublier la bague à son doigt et surtout Lorenzo Tassini, alors que son cœur s'affole dès qu'il pose les yeux sur elle ? Au fil des jours qu'ils passent dans leur luxueuse villa toscane, et malgré l'alchimie qui la lie désormais à Lorenzo, Brooke sent un profond malaise l'envahir. Se pourrait-il qu'on lui dissimule la vérité ?

Sarah et le cheikh, de Michelle Douglas - N°4274

Sarah a passé une nuit enivrante dans les bras du mystérieux Majed… Une nuit qui recèle bien des surprises. Non seulement elle se retrouve enceinte, mais son amant lui révèle être le prince héritier de Keddah Jaleel ! Bouleversée par ces découvertes, et consciente que sa vie ne sera plus jamais la même, Sarah hésite pourtant à accepter la demande en mariage du cheikh. Bien sûr, elle souhaite le meilleur pour leur enfant, mais peut-elle se contenter d'une union de pure convenance, alors qu'elle est tombée amoureuse de Majed ?

Un scandale argentin, de Sharon Kendrick - N°4275

SÉRIE : *MILLIARDAIRES ARGENTINS* - 2/2

« Je suis enceinte. » Ces mots, jamais Tara n'aurait imaginé les prononcer devant Lucas Conway, son patron. Comment, après avoir été sa gouvernante durant six ans, a-t-elle pu commettre l'erreur de devenir sa maîtresse ? Comment, surtout, cet homme qui exècre la famille va-t-il réagir à l'annonce de sa paternité ? Alors que le doute l'assaille, Tara sait que la seule chose à faire est de s'allier à Lucas. Car, même s'il ne sera jamais question de sentiments entre eux, lui seul est capable de la protéger du scandale…

Retrouvailles aux Fidji,
de Michelle Smart - N°4276

SÉRIE : *PASSION AU PARADIS* - 6/6

Les Fidji, un paradis sur Terre ? Pour Livia, les îles évoquent plutôt l'enfer... Conviée à une réunion de famille, la voilà contrainte d'y côtoyer, durant quelques jours, Massimo Briatore, son ex-mari ! Si le défi est de taille, c'est que Massimo est resté le même – un bourreau de travail égoïste, doublé d'un grand séducteur ! Saura-t-elle résister aux souvenirs de la passion qui les a liés, à la tentation de ses baisers, alors que Massimo la fait chavirer d'un seul regard ?

L'héritier de l'hiver, de Scarlet Wilson - N°4277

SÉRIE : *LE NOËL DES CATTANEO* - 1/3

Léo Baxter n'aime pas Noël, et pour cause : il n'a jamais connu la joie d'un réveillon en famille. Quelle ironie de se retrouver aujourd'hui dans un chalet suisse, doté d'un frère et d'une sœur dont il ignorait jusqu'ici l'existence ! Convoqué à Mont-Cœur pour la lecture du testament de ses parents biologiques, il a cédé à la curiosité de rencontrer sa fratrie. Mais, alors qu'il s'apprête à tous les abandonner pour retrouver le monde des affaires à New York, voilà qu'une belle monitrice de ski retient soudain toute son attention...

Quelques heures pour s'aimer,
de Tara Pammi - N°4278

Coiffée d'un grand voile blanc, son bouquet de mariée à la main, Olivia a le cœur glacé d'effroi. Jamais elle n'aurait dû accepter de tenir le rôle de sa sœur jumelle lors de la cérémonie qui doit l'unir à son fiancé, Alexander King ! Hélas ! debout dans l'église au côté de cet homme troublant, elle réalise qu'il est trop tard pour reculer, et c'est un « oui » hésitant qui s'échappe finalement de ses lèvres. Mais, lorsque Alexander se penche vers elle pour lui donner un chaste baiser, Olivia comprend que l'épreuve la plus cruelle reste encore à venir : lutter contre le désir puissant – et interdit – que lui inspire son époux pour quelques heures...

OFFRE DE BIENVENUE !

Vous êtes fan de la collection Azur ?
Pour prolonger le plaisir, recevez gratuitement

◆ 2 livres Azur gratuits ◆
et 2 cadeaux surprises !

Une fois votre colis de bienvenue reçu, si vous souhaitez continuer à recevoir nos romans Azur, cela se fera automatiquement. Vous recevrez alors chaque mois 6 romans inédits de cette collection au tarif unitaire de 4,50€ (Frais de port France : 1,79€).

➡ LES BONNES RAISONS DE S'ABONNER :

Aucun engagement de durée ni de minimum d'achat.
◆
Aucune adhésion à un club.
◆
Vos romans en avant-première.
◆
La livraison à domicile.

➡ ET AUSSI DES AVANTAGES EXCLUSIFS :

Des cadeaux tout au long de l'année.
◆
Des réductions sur vos romans par le biais de nombreuses promotions.
◆
Des romans exclusivement réédités notamment des sagas à succès.
◆
L'abonnement systématique et gratuit à notre magazine d'actu ROMANCE.
◆
Des points fidélité échangeables contre des livres ou des cadeaux.

➡ REJOIGNEZ-NOUS VITE EN COMPLÉTANT ET EN NOUS RENVOYANT LE BULLETIN !

Z0ZEA6

N° d'abonnée (si vous en avez un) ☐☐☐☐☐☐☐☐

Mme ☐ Mlle ☐ Nom : .... Prénom : ....

Adresse : ....

CP : ☐☐☐☐☐ Ville : ....

Pays : .... Téléphone : ☐☐☐☐☐☐☐☐☐☐

E-mail : ....

Date de naissance : ☐☐ ☐☐ ☐☐☐☐

☐ Oui, je souhaite être tenue informée par e-mail de l'actualité d'Harlequin.

☐ Oui, je souhaite bénéficier par e-mail des offres promotionnelles des partenaires d'Harlequin.

Renvoyez cette page à : Service Lectrices Harlequin – CS 20008 – 59718 Lille Cedex 9 - France

Date limite : **31 décembre 2020**. Vous recevrez votre colis environ 20 jours après réception de ce bon. Offre soumise à acceptation et réservée aux personnes majeures, résidant en France métropolitaine. Prix susceptibles de modification en cours d'année. Vous pouvez demander à accéder à vos données personnelles, à les rectifier ou à les effacer. Il vous suffit de nous écrire en nous indiquant vos nom, prénom et adresse à : Service Lectrices Harlequin - CS 20008 - 59718 LILLE Cedex 9. Harlequin® est une marque déposée du groupe HarperCollins France – 83/85, Bd Vincent Auriol – 75646 Paris cedex 13. Tél : 01 45 82 47 47. SA au capital de 3 120 000€ - R.C. Paris. Siret 31867159100069/APE5811Z.

Composé et édité par HarperCollins France.

Achevé d'imprimer en septembre 2020.

CPI
BLACK PRINT

Barcelone

Dépôt légal : octobre 2020.

MIXTE
Papier issu de sources responsables
FSC® C108412

Pour limiter l'empreinte environnementale de ses livres, HarperCollins France s'engage à n'utiliser que du papier fabriqué à partir de bois provenant de forêts gérées durablement et de manière responsable.

Imprimé en Espagne.

OFFRE DÉCOUVERTE !

Vous souhaitez découvrir nos collections ? Recevez **votre 1er colis gratuit*** **avec 2 cadeaux surprises !** Une fois votre colis de bienvenue reçu, si vous souhaitez continuer à recevoir nos livres, cela se fera automatiquement. Vous recevrez alors vos livres inédits** en avant-première.

Vous n'avez aucune obligation d'achat et cette offre est sans engagement de durée !

*1 livre offert + 2 cadeaux / 2 livres offerts pour la collection Azur + 2 cadeaux. Les collections Gentlemen et Aliénor démarrent avec le 1er colis payant.

**Les livres Ispahan, Sagas, Best-Sellers Féminins, Gentlemen et Hors-Série sont des réédités.

☛ COCHEZ la collection choisie et renvoyez cette page au
Service Lectrices Harlequin – CS 20008 – 59718 Lille Cedex 9 – France

Collections	Références	Prix colis*
❑ **AZUR**	Z0ZFA6	6 livres par mois 28,79€
❑ **BLANCHE**	B0ZFA3	3 livres par mois 23,65€
❑ **LES HISTORIQUES**	H0ZFA2	2 livres par mois 16,59€
❑ **ISPAHAN**	Y0ZFA3	3 livres tous les 2 mois 23,35€
❑ **PASSIONS**	R0ZFA3	3 livres par mois 25,09€
❑ **SAGAS**	N0ZFA3	3 livres tous les 2 mois 27,66€
❑ **BLACK ROSE**	I0ZFA3	3 livres par mois 25,09€
❑ **VICTORIA**	V0ZFA3	3 livres tous les 2 mois 25,69€
❑ **GENTLEMEN**	G0ZFA2	2 livres tous les 2 mois 17,35€
❑ **BEST-SELLERS FÉMININS**	E0ZFA2	2 livres tous les 2 mois 18,75€
❑ **ALIÉNOR**	A0ZFA2	2 livres tous les 2 mois 17,35€
❑ **HORS-SÉRIE**	C0ZFA2	2 livres tous les 2 mois 17,35€

N° d'abonnée Harlequin (si vous en avez un) ________

Mme ❑ Mlle ❑ Nom : ________

Prénom : ________ Adresse : ________

____

Code Postal : ________ Ville : ________

Pays : ________ Tél. : ________

E-mail : ________

Date de naissance : ________

❑ Oui, je souhaite recevoir par e-mail les offres promotionnelles des éditions Harlequin.
❑ Oui, je souhaite recevoir par e-mail les offres promotionnelles des partenaires des éditions Harlequin.

Date limite : 31 décembre 2020. Vous recevrez votre colis environ 20 jours après réception de ce bon. Offre soumise à acceptation et réservée aux personnes majeures, résidant en France métropolitaine, dans la limite des stocks disponibles. Prix susceptibles de modification en cours d'année. Vous pouvez demander à accéder à vos données personnelles, à les rectifier ou à les effacer. Il vous suffit de nous écrire en nous indiquant vos nom, prénom et adresse à : Service Lectrices Harlequin CS 20008 59718 LILLE Cedex 9. Service Lectrices disponible du lundi au vendredi de 8h à 18h : 01 45 82 47 47.